WERNER HERZOG

DIE ZUKUNFT DER WAHRHEIT

Hanser

S. 99: Brent Katz, Josh Morgenthau, Simon Rich, code-davinci-002:
I Am Code. An Artificial Intelligence Speaks. Poems
© 2023 Back Bay Books, Hachette Book Group, Inc.

1. Auflage 2024

ISBN 978-3-446-27943-8
© 2024 Carl Hanser Verlag GmbH & Co. KG, München
Umschlag: Designbüro Lübbeke Naumann Thoben, Köln
Motiv: © Nickolay Adamiuk / Alamy Stock Foto;
© ap-images / iStock / Getty Images Plus
Satz im Verlag
Druck und Bindung: GGP Media GmbH, Pößneck
Printed in Germany

Gott hatte einen großen Spiegel, und als Gott in den Spiegel sah, sah er die Wahrheit. Da ließ Gott den Spiegel fallen, und der Spiegel zersprang in tausend Scherben. Die Menschen rauften sich darum, einen der Scherben zu erhaschen. Sie blickten alle in ihren Scherben, sahen sich und glaubten, die Wahrheit zu erkennen.

PERSISCHE LEGENDE

In den Fieberträumen im Urwald gehen Schatten um, die sich dann aber in Dinge verwandeln, sich zu einer Wirklichkeit verdichten. Caruso nimmt Gestalt an, er singt in einem Opernhaus, mitten im Amazonas-Dschungel zur Zeit des Kautschukbooms errichtet, Arien aus einer italienischen Oper. Sarah Bernhardt, die damals schon ein Holzbein trägt und gar nicht singen kann, kommt eine Treppe hinunter aus dem Nichts auf die Bühne. Ein Dampfschiff wird über einen Berg gewuchtet, »so wie die Kuh über ein Kirchendach fliegt«, wie der ständig betrunkene Schiffskoch Huerequeque erläutert.

Die Rede ist von meinem Film *Fitzcarraldo* (1982), in dem es keine klare Trennungslinie mehr gibt zwischen Imagination und Wirklichkeit, und bei allen solchen Unternehmungen – ich bin da keine Ausnahme – treibt mich ein ferne glimmendes Ziel um, die Frage nach der dahinter schwelenden Wahrheit. Gegen Ende des Films habe ich eine Szene eingefügt, die es nicht im Drehbuch gab. Nachdem der Protagonist, Fitzcarraldo, sein Dampfschiff mit der Hilfe von achthundert indigenen Urwaldbewohnern über den Berg geschlepppt hat, erfüllen diese sich ihren insgeheim gehegten, eigenen, anderen Traum. Sie binden nachts heimlich das Schiff los und lassen es durch die gewaltigen Stromschnellen weiter flussab treiben, um die bösen Geister der Schnellen zu besänftigen. Fitzcarraldos Schiff, von Kollisionen mit den Felswänden auf beiden Seiten der Schlucht beschädigt, erreicht mit Schlagseite wieder den letzten Außenposten der Zivilisation.

Ohne zu wissen, warum ihm das gerade jetzt einfällt, erzählt Fitzcarraldo dann einem Kautschukbaron eine Geschichte:

Als Nordamerika noch kaum erforscht war, gab es einen Trapper, einen kleinen Franzosen, der von Montreal nach Westen ging. Und das war der erste Weiße, der je die Niagarafälle sah. Bei seiner Rückkehr berichtete er von Wasserfällen, die so gewaltig groß waren, dass sie alle menschlichen Vorstellungen übertrafen. Aber keiner glaubte ihm. Man hielt ihn für einen Spinner oder Betrüger und fragte ihn: »Was ist Ihr Beweis?«. Und er antwortete, mein Beweis ist, dass ich sie gesehen habe!

Werner Herzog
Los Angeles, Juli 2023

I.
WAS IST WAHRHEIT?

Niemand weiß, was das ist, Wahrheit. Allen voran weiß es der Autor nicht, aber auch die Philosophen haben keine Antwort, und die Mathematiker nicht, und auch der Papst in Rom hat keine, auch wenn er sich auf seine Heilswahrheit und seine Heilsgewissheit berufen kann.

Nur eines: Wahrheit erscheint mir nicht als ein Fixstern in der Ferne, wo sie verankert ist, die irgendwann erreichbar ist. Wahrheit scheint mir eher als eine immerwährende Bemühung, sich ihr anzunähern. Als Bewegung auf sie zu, als ungewisse Reise, als Suche voll Mühe und Vergeblichkeit. Aber diese Fahrt ins Ungewisse, in das Dämmern eines großen, endlosen Waldes, gibt uns Sinn und Würde, sie ist es, die uns von den Kühen auf der Weide unterscheidet.

Die Frage nach ihr hat mich mein gesamtes Arbeitsleben beschäftigt. Gibt es so etwas wie eine Wahrheit im Film? In der Poesie, der Kunst? Der Musik? Können wir aus uns hinaustreten, so wie das spätmittelalterliche Mystiker getan haben, um eine Illumination, eine Ekstase von Wahrheit zu erfahren? *Ekstasis* heißt ja genau übersetzt ein Heraustreten, ein sich Entfernen von seinem inneren Selbst, von seinem statischen Zustand im Dasein. Gibt es so etwas wie eine ekstatische Wahrheit in der Kunst? Davon wird später mehr zu lesen sein.

Für jetzt, in einer Zeit des überwältigenden Vormarschs von Fake News, von der Möglichkeit umfassender digitaler Fälschungen, von der von Lügen erfüllten Propaganda in der Politik, von einer Welt, aus der jede Manifestation von Wahrheit verschwunden zu sein scheint, wie können wir da noch die Orientierung behalten? Leben wir bereits in einer Post-Truth-Ära? Heute können wir schon das überaus realistische, glaubwürdige Abbild eines Menschen als Video herstellen, das dann auch mit der Stimmlage, dem Sprachduktus und dem Akzent seiner oder ihrer Stimme nahezu deckungsgleich ist. Wir können digital den amerikanischen Präsidenten herstellen, der seiner Nationalgarde die Festnahme aller seiner Gegner befiehlt, wir können das ganz einfach ins Internet stellen. Und wir wissen auch, dass die intensivsten, unerhörtesten Behauptungen sich dreimal so schnell verbreiten wie faktisch korrekte Inhalte. Dazu gibt es statistisch verifizierbare Messungen.

Von mir selbst gibt es im Internet ein nie endendes Gespräch mit einem slowenischen Philosophen, das unsere beiden Stimmen mit hoher Genauigkeit nachahmt, aber unser Diskurs ist ohne Sinn, ohne neue Ideen, lediglich eine Nachahmung unserer Stimmen und ausgewählter Themen, zu denen wir beide in der Vergangenheit gesprochen haben. Alle Sätze sind korrekt in Grammatik und Vokabular, aber der Diskurs selbst ist tot, ohne Seele. Er ist nichts als Mimikry. In der BBC wurde gerade das Gespräch einer Journalistin gezeigt, die einen virtuell hergestellten Charles Darwin befragt. Er ist dreidimensional zu sehen, in diesem Fall nicht sonderlich gut gemacht, aber er spricht in einem akademisch klingenden Oxfordian Englisch mit dem Thema entsprechenden Gesichtsausdrücken, ebenfalls noch etwas krude, wie schlechte Schauspieler in einem schlechten Hollywoodfilm. Doch das alles wird ganz rasch dramatisch besser möglich sein. Interessant ist, dass Darwin wohlformulierte und komplette Sätze von sich gibt, die in sich Sinn ergeben, aber was er sagt, ist nichts als ein ziemlich lebloser Querschnitt seiner Ideen sowie anderer derzeit im Internet verbreiteter Konzepte. Das »Gehirn« Darwins ist ausschließlich aus Millionen von Informationen des Internets programmiert. Daher kommt es, dass er dünne Argumente und ausgesprochenen Unsinn aus dem Netz nachplappert, scheinbare Erkenntnisse, die eher Moden und Trends reflektieren als eine Wirklichkeit. Die Journalistin befragt ihn über die Klimakatastrophe und eine mögliche Rettung der Menschheit. Darwin schwafelt zur Antwort davon, dass wir die Möglichkeit haben, unseren Planeten zu verlassen, um etwa auf dem Mars Kolonien für eine Million Siedler von unserem Planeten, der Erde, zu errichten.

Was Darwin sagt, ist aber nichts als eine Form von kollektivem Selbstbetrug. Man muss kein Astrophysiker oder Biologe oder anderer Experte sein, um zu wissen, dass solche Pläne unsinnig und undurchführbar sind. Man muss auch kein Astronom sein, um wie selbstverständlich zu verstehen, dass die Sonne nicht um die Erde kreist, sondern die Erde um die Sonne. Kopernikus hat Jahrzehnte gezögert, bis er schließlich seine Erkenntnisse veröffentlichte, und es hat nochmals fast hundert Jahre gedauert, bis Galileo Galilei, um der Folter durch die Inquisition zu entgehen, diese Wahrheit widerrief. Bei Erkenntnissen dieser Größenordnung ist Zeit immer der treueste Mitstreiter. »Wahrheit ist eine Tochter der Zeit«, hat Leonardo da Vinci gesagt, auch wenn das Zitat von dem antiken Schriftsteller Aulus Gellius geklaut ist.

Das vorige Jahrhundert, das Zwanzigste, hat die Katastrophe durchgeführter sozialer Utopien erlebt, den Kommunismus als Paradies auf Erden. Wer das nicht verstehen konnte oder wollte, war zwangsläufig wahnsinnig und musste in einen Gulag oder ein Irrenhaus weggesperrt werden. Ähnlich die andere große soziale Utopie, der Faschismus. In seiner schlimmsten Ausprägung bedeutete er die Idee einer arischen Herrenrasse, die die Welt erobern und alles Minderwertige vernichten wollte. In unserem Jahrhundert nun wird es unweigerlich zum Zusammenbruch technologischer Utopien kommen. Wir werden durch genetische Manipulation unseres Erbgutes nicht Unsterblichkeit erlangen, und wir werden das Weltall nicht kolonisieren können. Mögliche Exoplaneten, die mutmaßlich sogar menschenähnliches Leben entwickelt haben könnten, gibt es in großer Menge, das Problem aber ist, dass der nächste dieser Planeten kaum unter 20 000 Lichtjahren entfernt ist. Es ist sehr wahrscheinlich, dass es da draußen Formen von Leben gibt, Viren, Pilze, vielleicht auch Leben, wie wir es im Nasenrotz von Kleinkindern finden. Wir können das alles nicht ausschließen, weil wir mit dem Universum dieselbe Physik, dieselbe Chemie und dieselbe Geschichte teilen. Aber diese Exoplaneten sind zu weit entfernt. Astronomen können das am besten veranschaulichen. Leben zu finden, würde eine Reise von Millionen von Jahren erfordern. Viel Glück den kühnen Pilgern. Der nächste Planet außerhalb unseres Sonnensystems, Alpha Centauri, ist gerade einmal 4,5 Lichtjahre entfernt. Weil ein menschlicher Körper keine abrupten Beschleunigungen auf unvorstellbare Geschwindigkeiten erträgt, würde die Reise sehr lange dauern. Hinzu käme dabei noch, dass die Reisenden auch über eine sehr lange Zeit hinweg wieder verlangsamt, abgebremst werden müssten. Um auch nur zehn Prozent der Lichtgeschwindigkeit zu erreichen, müssten wir entsprechend eine unvorstellbare Menge an Treibstoff verbrennen. Vorausgesetzt, dass der Treibstoff an Bord mitgenommen werden müsste, und vorausgesetzt, dass es sich dabei um konventionellen, wie derzeit verwendeten Treibstoff handelt, sähe die Menge so aus: Es wären dies nicht nur das Äquivalent aller Erdölvorräte auf der Erde, nicht nur die Massen der Rocky Mountains und aller anderen Gebirge auf der Welt, sondern die gesamte Welt selbst, unser gesamter Planet, und nicht nur das, es wäre auch nötig, die Energie unseres Sonnensystems, unserer Milchstraße und aller mit dem Auge sichtbaren Galaxien zu »verheizen«. Es gibt Stimmen, die davon faseln, Antimaterie als Antrieb zu verwenden, die wir bereits in winzigsten Mengen hergestellt haben. Aber um eine einzige Glühbirne zum Leuchten zu bringen, wären die Kosten etwa so hoch wie das gesamte Bruttosozialprodukt der USA in einem Kalenderjahr. Um einen Esslöffel Antimaterie herzustellen, würden wir viele Milliarden Jahre benötigen. Es lohnt sich, ohne dass man selbst dabei tiefere Sachkenntnis benötigt, mit einem Astrophysiker oder einem Astronomen zu sprechen.

Nochmals zum Mars. Die Strecke dorthin lässt sich in etwa viereinhalb Monaten zurücklegen, vorausgesetzt, die Umlaufbahnen von Erde und Mars stehen extrem nahe zueinander. Es gibt kaum Zweifel, dass wir in absehbarer Zeit Astronauten dorthin schicken werden für kurze Missionen. Bemerkenswert ist dabei, dass seit Jahrzehnten der Zeitpunkt dafür immer wieder vage in die Zukunft hinausgeschoben wurde. Denn der Mars ist ungemütlich. Auf dem Weg dorthin wie auf dem Planeten selbst könnten energetische Strahlen von der Sonne, Sonnenwinde, uns verheizen; wir könnten uns stattdessen der Einfachheit halber gleich in einen Mikrowellenherd setzen und ihn anschalten. Die Oberfläche des Mars ist hoch toxisch. Wir müssten uns tief in den Boden graben, aber womit? Woher sollten wir die Bagger nehmen, die uns tiefe Bunker schaufeln könnten? Einfacher wäre da schon, uns gegen die Strahlung mit etwa drei Meter Wasser rundum zu umgeben. Aber wie bringen wir die in einer Raumkapsel mit? Den auf dem Mars vorherrschenden Temperaturen standzuhalten, ist machbar, aber wo holen wir die große Menge an Energie dafür her, wenn die Sonne dort doch so weit entfernt ist, dass sie kaum als Energiequelle in Betracht kommt? Für die Astronauten besteht auch das folgende einfache Problem noch immer: Wie können sie genügend Treibstoff mitbringen, um sich auch wieder zur Erde zurückzuschießen? Hinzu kommen die Umlaufbahnen von Erde und Mars: Bei unserer Ankunft nach etlichen Monaten Reise würden sich Mars und Erde so weit voneinander entfernt haben, dass man kaum den nötigen Treibstoff mitbringen könnte, um auch die Rückreise kurzfristig, etwa nach einer Woche, anzutreten. Erst zweieinhalb Jahre später würden sich Erde und Mars wieder in günstiger »kurzer« Entfernung zueinander befinden.

Und damit nochmals zur Utopie der Million Siedler auf dem Mars. Dieses Projekt, dieser Selbstbetrug, wird verhandelt als eine Wahrheit, die am ehesten einem sektiererischen Glaubensbekenntnis ähnelt. Man bekommt zu hören, dass man Wasser erzeugen könne, indem man die vereisten Polarkappen des Mars schmelze. Das sei mit einer nuklearen Explosion machbar. Vermutlich ja, aber wie bekommt man eine Atombombe mit der riesigen zur Zündung nötigen Technologie auf den Mars, und wie leiten wir das Wasser zu den menschlichen Siedlungen, über Hunderte oder Tausende von Kilometern in Pipelines? Wie bauen wir die? Wie stellen wir die Arbeiter bereit, die Röhren, die gesamte Konstruktion? Roboter könnten das verrichten, ebenso könnten intelligente Roboter auch eine gigantische vor Strahlen schützende Kuppel für ganze Städte errichten. Aber dazu müssten wir Tausende von Raumschiffen im Stakkato von Abständen von nur wenigen Sekunden losschicken, eine Armada, die alle im selben Zielgebiet zu landen hätten. Dazu ist die Menschheit gar nicht in der Lage. Wie dort Biotope herstellen, wie Luft zum Atmen? Chemisch scheint das auf dem Mars vorhanden zu sein, aber in verschwindend kleinen Mengen. Und hinter all diesen Punkten lauert zentral eine einzige wichtigere Frage: Wäre es nicht eine Obszönität, einen unbewohnbaren Planeten mit unvorstellbarem Aufwand bewohnbar zu machen, statt dafür zu sorgen, dass unser eigener Planet bewohnbar bleibt?

Ich selbst würde vieles darum geben, auf einer Marsmission dabei zu sein, aber nur mit einer Kamera, mit der ich täglich Sendungen zur Erde schicken könnte. Ich würde aber auch liebend gerne nach einer Woche wieder die Rückreise antreten. Ich habe mich ohne Erfolg um einen Platz bei einer japanischen Weltraum-Exkursion beworben, in dem Fall in wenigen Tagen um den Mond, ohne dabei auf ihm zu landen. Elon Musk, falls er tatsächlich wie angekündigt eine SpaceX-Rakete zum Mars schickt, würde mich vermutlich mit auf die Reise nehmen, so hat er es mir jedenfalls bei einer Begegnung zugesagt. Mich stört, dass bisher nur Techniker als Astronauten zugelassen wurden. Ein Dichter wurde noch nie in das All mitgenommen. Zu Elon Musk auch noch dies: Seine Vision von einer Million Erdenbewohnern als Kolonisten auf dem Mars ist meiner Ansicht nach nur ein Instrument zur Vermarktung seiner elektrischen Autos. Musk ist zu intelligent, nicht zu wissen, dass er ein Hirngespinst verbreitet, dies aber mit dem klaren, kalten Kalkül dahinter, dass er dabei in den Medien und im Internet für sich selbst den Nimbus eines »Visionärs« erringt. Dieser strahlt auf seine Produkte ab. Alle anderen Fahrzeuge, wie die aus China, sind lediglich Industrieprodukte, die mit unterschiedlichen Strategien um Marktanteile kämpfen, wir aber kaufen das Elektroauto eines Visionärs. Elon Musk hat ja die Elektroautos nicht erfunden, die gibt es seit dem 19. Jahrhundert, und seine Firma Tesla hat er auch nicht gegründet, sondern gekauft. Die Wahrheit des Visionärs ist ein Konstrukt aus Halbwahrheiten. Im Übrigen bin ich der Ansicht, dass Elon Musk bei all seinen bisherigen Produkten im Grunde genommen alles richtig gemacht hat: Elektromobile, eine neue Generation von Batterien, wiederverwendbare Raketen. Aber man wird sehen, wie er mit seiner Erwerbung von Twitter auf Dauer klarkommt.

Künstliche Intelligenz hat ihre Beschränkungen innerhalb von geschlossenen Systemen längst überschritten. Computer spielen schon lange besser Schach als die Weltmeister, und seit Kurzem sind Computer auch besser in dem asiatischen Spiel Go, das um vieles komplexer ist als Schach und vor allem mehr Intuition verlangt. Einige der großen Spieler werden fast wie Künstler verehrt. Künstliche Intelligenz hat beim Schach im Jahr 2017 eine Schwelle überschritten, die allgemein als tiefe Zäsur angesehen wird. Der Hersteller DeepMind brachte einen Schachcomputer heraus, Alpha Zero, der das bis dahin stärkste Programm, Stockfish, besiegte. Computer sind schon seit Jahren stärker als Menschen, aber der neue Horizont wurde bei AlphaZero erreicht, weil das Programm nicht mit Zehntausenden von Partien zur Analyse gefüttert wurde, die in der Schach-Geschichte von Menschen gespielt worden waren, sondern lediglich mit den Regeln des Spiels und dem Ziel, den gegnerischen König matt zu setzen. AlpahaZero entwickelte ganz aus sich heraus innerhalb von nur vier Stunden ein Programm und spielte dann 44 Millionen Partien in den ersten neun Stunden gegen sich selbst, aus denen es Gewinnstrategien für sich entwickelte. Beide Programme, Stockfish und AlphaZero, sind in der Lage, etwa 70 Millionen Stellungen pro Sekunde zu bewerten, aber AlphaZero hat eine Form von Intelligenz entwickelt, die nicht aus der bisherigen menschlichen Erfahrung stammt, mit der Stockfish ausgestattet worden war. In den ersten hundert Partien gewann AlphaZero achtundzwanzig und spielte zweiundsiebzigmal Remis und verlor keine. Bei den nächsten tausend Partien war das Ergebnis im Wesentlichen dasselbe, obwohl AlphaZero sechs Niederlagen hinnehmen musste.

Künstliche Intelligenz kann heute weitgehend aus sich selbst heraus lernen. Eigene vorangegangene Fehler sind ihr erkennbar, und Entscheidungsfindungen und Strategien ihr möglich, die nicht von Menschen programmiert sind. Interessant dabei ist, dass Künstliche Intelligenz nur mit einer kleinen Beigabe von Chaos und Ungenauigkeit funktioniert, wie das auch in die menschliche Natur eingebettet ist. Dem nicht unähnlich, ist eine unscharfe Logik, eine mathematische »fuzzy logic«, schon seit Langem mit Vorbedacht in die Elektrochips unserer Waschmaschinen eingebaut, in die Steuersysteme unserer Autos, in unsere digitalen Fotos. Das Schöne dabei ist, dass unsere Wäsche am Ende sauber wird und unsere Bilder scharf.

Künstliche Intelligenz ist nach nur wenigen Jahren bereits in der Lage, komplizierte Enzyme in ihrer Struktur zu erkennen, weit schneller, als das die klassische Biochemie jemals vermögen wird. Das wird etwa zu großen Verbesserungen bei der Entwicklung von Impfstoffen und in der pharmazeutischen Industrie ganz allgemein führen. Die Entwicklung von Robotern wird sich rasant weiterentwickeln, auch die von »companion robots«, flauschigen Wesen mit großen Augen, die unsere Gesichtsausdrücke verstehen können und uns aufheitern, wenn wir traurig sind, oder mit uns Gespräche führen, wenn wir einsam sind. Die Imitation ist fast vollkommen. Was Wahrheit und was Imitation von Gefühlen ist, ist kaum mehr unterscheidbar.

Das Transportwesen wird sich neu definieren, bestimmte Aspekte in der Quantenphysik, und auch die zukünftige Kriegsführung. Eine Reihe von anderen, beunruhigenden Neuerungen kommt hinzu, wie etwa die Möglichkeit umfassender, massenhafter Überwachung, der Desinformation, der Manipulation in riesigem Ausmaß. Wird die Wahrheit auf der Strecke bleiben, so wie ganze Berufszweige? Die Risiken sind offenkundig. Der Kosmologe Stephen Hawking hat vor seinem Tod eindringlich vor den Gefahren eines Vormarsches von artifizieller Intelligenz gewarnt, und einer der wichtigsten politischen Denker und Akteure unserer Zeit das Thema als fast Hundertjähriger aufgegriffen. Ich spreche von Henry Kissinger, und gleichgültig, wie man ihn politisch einordnet, muss man hellhörig werden, weil die Intensität der Bemühungen des Hundertjährigen in Erstaunen versetzt. Hinzu kommt, dass 2023 etwa tausend Wissenschaftler und Programmierer einen Aufruf veröffentlicht haben, der zu einer Pause der Fortentwicklung der Künstliche-Intelligenz-Programme aufruft, um erst die rechtlichen und ethischen Probleme zu klären. Denkbar ist übrigens auch, dass die unterschiedlichen Weltsichten des liberalen Westens und des anders denkenden Ostens, wie etwa China, einen neuen, digitalen Eisernen Vorhang hochziehen werden. Es gibt ja keine weltumspannende »Wolke« der digitalen Welt – all dies funktioniert ja nur mit Servern und Routern, die physisch vorhanden und damit kontrollierbar und abschaltbar sind.

Wird es möglich sein, dass Künstliche Intelligenz eigene Gedanken und ein eigenes Bewusstsein entwickelt? Auch hier ist Vorsicht angesagt. Niemand in der heutigen Gehirnforschung kann erklären, was ein Gedanke ist, und noch viel weniger, was Bewusstsein ist. Dennoch wage ich die Frage, ähnlich wie sie der Heeresreformer und Militärtheoretiker Carl von Clausewitz 1833 in seiner berühmten Studie *Vom Kriege* gestellt hat: »Träumt der Krieg manchmal von sich selbst?«, dem Gedanken folgend: »Träumt das Internet von sich selbst?«. Und dem weiter folgend: »Hat Künstliche Intelligenz es in sich, ein Selbst zu entwickeln, Gefühle zu haben, Träume?«. Es ist heute schon erwiesen, dass Künstliche Intelligenz manchmal halluziniert. An Science-Fiction-Filme und Literatur gewohnt, statten wir die Idee von artifizieller Intelligenz gewöhnlich mit dämonischen Eigenschaften aus, mit einer ihr innewohnenden Bösartigkeit, uns vernichten zu wollen. Wird sie uns eines Tages auslöschen? Das scheint in absehbarer Zeit eher unwahrscheinlich. Aber Künstliche Intelligenz kann auch ein bedeutendes neues Hilfsmittel werden. Sie kann gedankliche Hinweise geben, die wir nicht in Betracht gezogen haben. Und tiefer: Wir werden eine Neugestaltung unserer Rolle in der Wirklichkeit erleben, wie auch des Verständnisses von Wirklichkeit selbst. Dahinter, wie ein Tier, das sich duckt, verbirgt sich immer und immer wieder die Frage der Wahrheit.

II.
DAS SCHWEIN VON PALERMO

Beim Markt von Palermo fiel ein Schwein in einen Schacht für Abfälle, der mit der Kanalisation verbunden war. Ein eiserner Rost fing das Tier in der Tiefe auf. Wegen der Enge des Schachts gelang es nicht, das Schwein aus seiner misslichen Lage zu befreien, und Besitzer von Marktständen und Käufer warfen ab und zu Abfälle zu dem Schwein hinunter, das, so geht die Geschichte, dadurch mehrere Jahre überlebte. Zu erwähnen ist, dass der Schacht nicht röhrenförmig war, sondern viereckig angelegt. Das Schwein nahm immer mehr die quadratische Form seines engen Gefängnisses an, und als man es schließlich noch lebend barg, war es schneeweiß, halb durchsichtig wie ein Engerling, und hatte eine kubische Form angenommen, wabbelig, wie ein großes Stück Jell-O, ein in Amerika beliebter, grässlicher, durchsichtiger Wackelpudding. Die Beine waren verkümmert, in den Würfel des Körpers eingebettet. An der oberen Fläche konnte es essen und an der unteren Kot abgeben, das war so ziemlich alles an noch erkennbarer Anatomie.

Wir wollen uns Kosmonauten auf der Reise zu Alpha Centauri vorstellen. Dass der nächste aller Planeten glüht wie unsere Sonne, soll dabei nicht so wichtig sein. Dennoch, viel Glück bei der Reise. Und sicher ist noch etwas: für die viereinhalb Lichtjahre wären unsere Weltraumfahrer mehrere zehntausend Jahre unterwegs. Sie müssten sich an Bord also fortpflanzen, und bereits nach den ersten Jahrhunderten würden sie an der Folge von Inzucht immer mehr verkrüppeln, zu Monstren mutieren, die mit Sicherheit nach einigen tausend Jahren vergessen hätten, woher sie kamen und wohin sie unterwegs sind. Wie überall bei menschlichen Wesen würde es Streit geben, Mord, Aufstände, Palastrevolutionen. Die Reisenden würden Formen annehmen wie die Schalensitze ihrer Kommandozentrale, oder wie andere Formen von Ruhelagern an Bord. Ohne Sonnenlicht würden sie auch weiß und durchsichtig werden, wie feiste Maden. Das Schwein von Palermo, das ja nur ein paar Jahre in seinem Schacht festgeklemmt war, war im Vergleich noch gut geformt.

III.
PHILOSOPHISCHE
VERSUCHE

Aus der Debatte der Philosophie rund um den Begriff der Wahrheit will und muss ich mich heraushalten. Die Beschäftigung mit der Wahrheit hat eine Unzahl verschiedenster Theorien hervorgebracht, und jüngste Meinungsumfragen, bei denen sich mehrere tausend Befragte aus dem Bereich der Philosophie äußerten, ergaben weit gestreute Theorien und Meinungen zu ihrem Begriff. Weltreligionen haben sich damit beschäftigt, ganze Bibliotheken sind damit gefüllt, die bedeutendsten Philosophen seit der griechischen Antike haben darüber gerätselt, hier seien nur einige wenige genannt, ohne eine bestimmte Ordnung herstellen zu wollen: Plato, Thomas von Aquin, der persische Gelehrte Avicenna, Leibniz, Hegel, Kant, Heidegger. Aber auch die Mathematik beschäftigen ähnliche, fundamentale Rätsel. Die Debatte ist hier hochgradig technisch und abstrakt, von Logik geprägt. Ich nenne nur – eher wahllos – drei wichtige Vertreter, Gödel, Hilbert und Turing. Ich gäbe viel dafür, wenn ich, außer den groben Konzepten, die Argumentationen im Detail verfolgen könnte.

Meine Erörterungen reflektieren lediglich meine Beobachtungen und persönlichen Erfahrung in der eigenen praktischen Arbeit, und – mit der nötigen Vorsicht ausgedrückt – meine künstlerische Welterfahrung. Einfacher gesagt, ist alles hier nicht mehr als ein genaues Hinsehen, praktische Arbeit und meine Schlüsse daraus.

In all den Versuchen, den Charakter der Wahrheit zu erfassen, taucht immer wieder der Begriff der *Fakten* auf, als wäre Wahrheit die Eigenschaft, immer im Einklang mit Fakten oder der Realität zu stehen. Aber was Fakten sind, ist höchst umstritten, und was Realität ist, noch mehr. Fakten haben Bedeutung, weil sie normative Kraft besitzen. Wenn es plötzlich etwa Millionen von Covid-Erkrankten gibt, treten rasch neue Normen in Kraft: Abstand halten, Masken tragen, keine Großveranstaltungen wie etwa öffentliche Konzerte mehr. Aber Fakten sind leblos, sie erleuchten uns nicht, geben uns keine Illumination, keine tiefere Erkenntnis. Vier Millionen Einträge im Telefonbuch von Manhattan sind faktisch alle korrekt. Sie geben die Namen, Anschriften und korrespondierenden Telefonnummern richtig wieder. Allein 260 Einträge zum selben Namen John Miller machen sie singulär und spezifisch durch die jeweils korrekte, unterschiedliche Adresse, immer faktisch nachprüfbar. Aber warum John Miller aus der Park Avenue Nr. 1028 jede Nacht in sein Kissen weint, erfahren wir nicht. Wenn Fakten alleine zählten, wäre das Telefonbuch das Buch der Bücher.

Was mich immer beeindruckt hat, kommt von den alten Griechen, und zwar nicht als Definition von Wahrheit, sondern aus der Sprache heraus, genauer, der Etymologie. Im Altgriechischen ist das Wort für Wahrheit *Aletheia*, das von dem Verb *lanthanein* abgeleitet ist, verbergen, verhüllen, im Dunkel belassen. *A-letheia* ist das Gegenteil (ähnlich wie bei *Pathos* und

Apathie), das Enthüllte, das Nicht-Versteckte, das aus dem Verborgenen ans Licht Gebrachte. Ich sehe hier eine frappierende Analogie zum Prozess der Fotografie, zum Film, genauer: zu Bildern auf Zelluloid. Eine lichtempfindliche Schicht wird dem Licht ausgesetzt, aber das ergibt noch kein Bild, sondern nur ein *latentes* Bild. Erst in der Dunkelkammer mit Chemikalien behandelt, entwickelt sich langsam das Bild. Wie sich geheimnisvoll, als handle es sich um Alchemie, im Entwicklungsbad aus einer blassen Ahnung eines Bildes ein Bild immer mehr verdichtet, dem latent Verborgenen abgerungen, verkörpert eine seltsame Faszination. Ob aber das Bild mit der Wirklichkeit deckungsgleich ist, sei im Moment dahingestellt. Wichtig für mich ist der Prozess, die Annäherung, der Weg auf etwas hin. Die Suche selbst, die uns der nicht enthüllten Wahrheit näherbringt, ist es, die uns eine Art von Teilhabe an etwas Unerreichbarem schenkt, an der Wahrheit.

Bei digitaler Fotografie ergibt sich zunächst ebenfalls kein Bild. Ein Sensor mit elektronischen Lichtdetektoren macht eine Aufnahme, die als Computerdatei in Form von Pixeln, ausgedrückt durch die Zahlen 0 und 1, gespeichert wird. Im alltäglichen Gebrauch einer Kamera eines Smartphones mit 4 k-Format sind es Millionen von Pixeln. Würde man die Reihe der Zahlen 0 und 1 für ein einziges Bild auf Papier ausdrucken, ergäbe sich ein Buch von 800 Seiten. Es wären Datenmengen in binären Zahlen, aber natürlich kein sichtbares Bild. Auch hier müssen die Informationen erst elektronisch konvertiert werden, um ein sichtbares Bild zu ergeben.

Zurück zu der Entwicklung von Bildern auf Zelluloid. Wir können Bilder aufnehmen, die wir nie entwickeln, die wir nie sehen, die aber latent gespeichert bleiben, sozusagen auf immer, eine kleine Ewigkeit lang. Auf der lichtempfindlichen Schicht verbirgt sich etwas, das irgendwann einmal mit der Wirklichkeit zu tun hatte, mit der Wirklichkeit eines Familientreffens zum Beispiel. Wir könnten, falls wir das Foto entwickeln würden, erkennen, wer auf dem Gruppenbild anwesend war, was die Männer und Frauen an Kleidung trugen, aber wer wen insgeheim hasste, wissen wir nicht. Wir können es bestenfalls an der Körpersprache und den Gesichtsausdrücken erahnen und mit Erzählungen aus alten Familiengeschichten weiter vergleichen und verdichten. Wir erzeugen die Illusion von Wahrheit, die aber ganz anders aussähe, wenn jemand das gleiche Bild zum Beispiel in Japan entwickeln würde, und damit örtlich, zeitlich, kulturell woanders.

Bei Robert Falcon Scotts Terra-Nova-Expedition zum Südpol in den Jahren 1911 und 1912, die mit dem tragischen Tod Scotts und seiner letzten Begleiter am 29. März oder kurz danach endete, wurden Fotos gemacht. Roald Amundsen war Scott bei dem Wettlauf, als erster den Südpol zu erreichen, am 14. Dezember 1911 um fast fünf Wochen zuvorgekommen. Auch er hatte seine Expedition ausführlich mit Fotografien dokumentiert. Weil Scott beim ersten Teil seiner Expedition Ponys benutzte, war er viel langsamer als Amundsen, der auf Skiern und mit Schlittenhunden unterwegs war. Das Jahr 1912 war dazu vom Wetter her eine Anomalie, mit Temperaturen weit unter dem Durchschnitt vorhergehender Jahre. Scott geriet in früh einsetzende Winterstürme und extrem niedrige Temperaturen und erreichte am Ende ein nur wenige Kilometer vor ihm liegendes Depot mit Lebensmitteln nicht mehr, das ihn gerettet hätte. Man fand Scotts Zelt acht Monate später, die Toten, ihre Aufzeichnungen und die unentwickelten Negative. Bis diese Negative England erreichten und dort entwickelt wurden, musste wohl vom Moment der Aufnahmen an insgesamt etwa ein Jahr verstrichen sein. Die Frage war, was man finden würde. Waren die Negative noch intakt? Waren sie überhaupt belichtet? Falls etwas auf den Bildern zu erkennen war, gaben sie eine Wirklichkeit, gar eine Wahrheit wieder? Es stellte sich heraus, dass die Negative in hervorragendem Zustand waren.

Bei der Rückkehr Amundsens von seiner Expedition hatte es in einigen englischen Medien Zweifel daran gegeben, ob er wirklich den Südpol erreicht hätte. Könnte er nicht ein Zelt mit der norwegischen Flagge irgendwo auf dem Polarplateau aufgebaut haben? Aber die entwickelten Fotos der Scott-Expedition von exakt diesem Zelt mit Scott und seinen enttäuschten Begleitern davor, die Messungen, die sie angestellt hatten, und Aufzeichnungen in Scotts Tagebüchern ließen keinen Zweifel an Amundsens Sieg zu. Zugleich jedoch gelang es Scott posthum, eloquent wie er in seinen Aufzeichnungen war, das Narrativ von den beiden Expeditionen in Besitz zu nehmen, seinen Anspruch auf die Wahrheit über die Expeditionen. Oder besser, die Medien und die Leser griffen die Wahrheit seiner Selbstdarstellung auf und verinnerlichten sie. Wenn heute Informationen in Bruchteilen von Sekunden weltweit verbreitbar sind, spielt die Tatsache, wer das Narrativ bestimmen kann, eine oft größere Rolle, als was die dahinterliegende Realität des Narrativs ist. Scott wurde in den Augen der Nachwelt zum tragischen

Helden, während Amundsens »Sieg« als unsportlich bezeichnet wurde. Er hatte auf der Strecke seine Schlittenhunde nach und nach getötet und jeweils auf diese Weise Nahrung für die nächste Etappe für seine Mannschaft und die verbliebenen Hunde beschafft. Scott wiederum hatte alle seine Ponys zu Beginn des Aufstiegs über einen riesigen Gletscher, der ihn zum polaren Plateau führte, ebenfalls geschlachtet, allerdings alle auf einmal. Die Ponys konnten den 1500 Meter hohen Aufstieg nicht bewältigen. Logistisch gesehen war seine Methode der Amundsens unterlegen. Das heroische Bild Scotts überlebte ihn dennoch um ein halbes Jahrhundert. Amundsen war Sieger, aber Scott überschattete ihn und galt der Öffentlichkeit als Märtyrer. Erst nach Jahrzehnten kamen Zweifel an dieser Sichtweise auf die beiden auf, als es Hinweise auf Scotts Versuche mit Motorschlitten gab – technisch hoffnungslose Geräte im Jahr 1910, die immer wieder sofort kaputt gingen. Auch hatte Scott den Rat Fridtjof Nansens, des größten Erforschers der Nordpolregion, missachtet. Der empfahl ihm dringend, auf Schlittenhunde zu setzen, Pferde würden unweigerlich zum Scheitern führen. Heute ist das Image Scotts weit differenzierter, als es das lange war. Seine Planung sei häufig nur auf gut Glück geschehen, seine Menschenführung ohne jeden Weitblick gewesen. Seine oft widersprüchliche, komplexe Persönlichkeit wurde immer genauer befragt. Ab etwa 1980 tauchte für ihn der Begriff des *heroischen Stümpers* auf. 1996 urteilte eine neue Biographie Francis Stuffords, es gälte für Scott eine vernichtende Evidenz solcher Stümperei: Scott habe seine Begleiter in den Untergang geführt und dann seine Spuren mit Rhetorik verwischt. Das klingt sehr hart, und das Narrativ hat sich inzwischen, im 21. Jahrhundert, wieder etwas zu Scotts Gunsten differenziert.

Was auf den in Scotts Zelt gefundenen Negativen sein würde, war zunächst unbekannt. Man konnte nur mit einiger Sicherheit sagen, dass sie von Scotts Begleiter Henry Bowers gemacht waren, der ein fähiger Fotograf war. Die noch latenten Bilder würden, falls sie auf der Film-Beschichtung überlebt hatten, vermutlich richtig belichtet und scharf sein. Tatsächlich wiesen sie wie beschrieben nach, dass Scott und seine Begleiter Amundsens Zelt am Südpol erreicht hatten. Lag die »Wahrheit« nun aber darin, dass zwar Amundsen Motive für eine Manipulation seines Sieges an falschem Ort gehabt hätte, aber sicher nicht Scott, der seine eigene Niederlage mit seinem Foto von Amundsens Zelt belegte? Wie wäre die Nachwelt mit Scott umgegangen, wäre das Szenario nur ein wenig anders gewesen? Was wäre etwa gewesen, wenn Bowers aus Versehen einen bereits belichteten Film in die Kamera eingelegt hätte? Wir hätten dann eine Doppelbelichtung als einziges Dokument seiner Südpol-Expedition gefunden, zwei konkurrierende Bilder übereinander. Hätten wir damit auch eine doppelte Wahrheit erhalten? Was wäre aus der Beurteilung, dem Narrativ, der Figur Scotts geworden, wenn die erste Belichtung Scott in erotischen oder gar pornographischen Posen gezeigt hätte? Dieses Konstrukt ist erfunden, aber es ist heute, da die Möglichkeit von Diskretion fast nicht mehr existiert, nicht weit hergeholt, vor allem, wenn man sich den Umgang mit Politikern und anderen Figuren des öffentlichen Lebens vor Augen führt.

IV.
AXIOME VON GEFÜHLEN

Wie viel Wahrheit steckt in Gefühlen? Gibt es so etwas wie wahre und falsche Gefühle? Als Diana, die Princess of Wales, von Paparazzi verfolgt in Paris im Tunnel an der Pont de l'Alma am 31. August 1997 starb, brach eine ungeheure Welle von Gefühlen für sie aus. Dass bei dem Unfall ihr damaliger Geliebter Dodi Al-Fayed und der Fahrer des Wagens, Henri Paul, mit ums Leben kamen, fiel bei den Gefühlsausbrüchen fast gänzlich unter den Tisch. Ich erinnere mich, dass ich mich genau zu der Zeit in Telluride in den Bergen Colorados beim dortigen Filmfestival aufhielt, und mein Freund und Mitarbeiter Herb Golder, ein Professor für Altphilologie, der von den geradezu aberwitzigen Ausbrüchen von Tränen und Trauer seiner damaligen Freundin entnervt war, rasch entschlossen ein Spottlied sang, das den Refrain »Dodi and Di« hatte. Ich beging die Dummheit, den Refrain mitzusingen. Herbs Freundin war damals so heftig über ihn – und auch mich – empört, dass sie auf der Stelle ihre Beziehung zu ihm abbrach. Ihre Gefühle waren bis ins Innerste verletzt. Ich hielt das damals für falsche Gefühle, aber die gibt es offensichtlich nicht, Gefühle haben immer recht. Oder? Was hatte die junge Frau so zutiefst bewegt? War ihre Emotion eine Projektion von Gefühlen auf die Resonanzfläche der »Königin der Herzen«, als die sich Diana in einem Interview einmal selbst bezeichnete? Eine Reaktion auf die Prinzessin der Gefühlswelt, die Diana ein geradezu natürliches

Recht auf Verehrung und Liebe zuschrieb, ohne dass diese etwas dafür leisten musste, einfach, weil sie den Sohn der Königin geehelicht hatte. Eine Prinzessin ist schön und jung und altert nicht. Sie wird für keine Eigenschaft geliebt, außer dafür, dass sie eben Prinzessin ist. Diana hatte sich aber durchaus Verdienste erworben, die jedoch zum Zeitpunkt ihres Todes eher unbeachtet blieben. Sie hatte sich für AIDS-Kranke eingesetzt, für Menschen mit Krebs und geistigen Behinderungen, und für ein Verbot von Landminen. Die Gefühle galten jedoch nicht solchen Details, sondern einer Ikone. Die Gefühle von Herbs Freundin waren weder falsch noch wahr, sondern echt, authentisch – ihr eigenes Konstrukt.

Interessant ist auch, dass Dodis Vater, Mohamed Al-Fayed, ein in London ansässiger ägyptischer Milliardär, sofort mit Verschwörungstheorien an die Öffentlichkeit trat, der Unfall im Tunnel sei in Wirklichkeit ein Mord gewesen, den Prinz Philipp, der Herzog von Edinburgh, Dianas ehemaliger Schwiegervater also, zusammen mit dem Geheimdienst MI6 geplant und durchgeführt habe. In Zusammenhang mit einem nur kurz vorangetriebenen Filmprojekt traf ich Mohamed Al-Fayed in London und habe seither keinen Zweifel, dass Al-Fayed vollkommen von seiner Theorie eines geplanten Mordes überzeugt war. Dass er während jahrelanger Recherchen durch seine Detektive nie mit auch nur dem leisesten Schimmer von Beweis aufwarten konnte, spielte bei seiner fast religiösen Überzeugung keine Rolle.

Bei Lady Dianas Tod war zu beobachten, dass die weltweite monumentale Welle von Gefühlen eher unspezifisch war, reduziert auf einen Kern an Gefühlen, der mit der Wirklichkeit der trauernden Familie nicht deckungsgleich war. Es war wie ein unerklärbarer, innerster Kern, der in der Natur, der Lebenspraxis der Trauernden verankert war und dann individuell mit Leben und schon vorhandenen Gefühlsinhalten ausgestattet wurde.

Ich habe Opern inszeniert, und bei Opern wird ein nahe verwandter Prozess deutlich. Die Gefühle sind in ihnen so verdichtet, wie es in der Mathematik die letzten, nicht mehr beweisbaren und weiter nicht reduzierbaren Axiome sind. Die Gefühle der Großen Oper kommen in dieser Art eigentlich gar nicht in der Natur, der Menschennatur, vor, aber wir besetzen diesen »undenkbaren« Kern mit der vollen Bandbreite von Gefühlen, die auf geheimnisvolle Weise irgendwie echt erscheinen, wahrhaftig. Das funktioniert aber im Falle der Oper nur im Zusammenspiel mit der Macht der Musik, die das Unglaublichste möglich macht. In derselben Weise werden auch Stories vollkommen glaubwürdig, die es in der menschlichen Erfahrung so gar nicht geben kann. Das Unfassbare, das Unmögliche, wird logisch und ganz selbstverständlich.

Auf Filmschulen wird den Studenten in Drehbuchseminaren immer wieder eingebläut, auf die Glaubwürdigkeit der Story zu achten. Diese Glaubwürdigkeit wird von Nebengeschehen umrankt, ein ganz künstlicher Vorgang, der zu den formelhaften, leblosen Konstrukten der Filmindustrie geführt hat. Fast alles ist dadurch vorhersehbar, fast alles sind Totgeburten. Bei

der Oper ist in der Regel das Gegenteil der Fall. In Opernfüh-
rern die Stories im Schnellgang durchzugehen, ist eine meiner
geheimen Leidenschaften. Geschichten, die undenkbar sind,
die sich aller statistischen Wahrscheinlichkeit entziehen, werden auf einmal wahr, aber es braucht dazu die Welt der Oper,
weil sich mit ihr durch die Musik alles verwandelt. Oper gelingt
dann, wenn sie in der Lage ist, eine ganze Welt in Musik zu verwandeln.

Mein Lieblingsbeispiel für das Un-Wahrscheinlichste, das wahr
wird, ist das Libretto zu *Die Macht des Schicksals*, einer Ver-
di-Oper aus dem Jahr 1862, verfasst von Francesco Maria Piave.
Hier die Story, zusammengefasst.

Sevilla, Mitte des 18. Jahrhunderts. Im Haus des Marquis de
Calatrava wünscht der Marquis seiner Tochter Leonora eine
gute Nacht. Sie ist in Liebesglut entflammt zu Don Alvaro, einem Prinzen aus dem königlichen Geschlecht der Inka. Leonoras Vater verachtet ihn aber, weil er gemischten Blutes ist. Der
Prinz und Leonora planen, in gerade dieser Nacht heimlich zu
entfliehen, weil ihr Vater ihr verboten hat, ihn zu heiraten. Als
sich der Marquis zurückzieht, will Leonoras Dienerin die
Flucht vorbereiten, aber Leonora ist unentschlossen, weil sie
auch ihren Vater liebt.

Ihr Don Alvaro naht und klettert durchs Fenster in ihr Ge-
mach. Aber Leonora bittet um einen Tag Aufschub für die
Flucht. Alvaro vermutet, Leonora liebe ihn nicht, und erklärt
ihr seine glühende Liebe. Aber auch Leonora versichert ihn ihrer Liebe, und die beiden sind gerade dabei, nun doch durchs

Fenster zu fliehen, als der Marquis wieder naht, von den Geräuschen aufmerksam geworden. Alvaro hört dessen Schritte und zieht seine Pistole. Der Marquis tritt ein, beleidigt Alvaro und fordert ihn zum Duell. Alvaro weigert sich und wirft seine Pistole von sich. Beim Aufschlag auf den Boden zündet die Waffe und löst einen Schuss aus. Die Kugel trifft den Marquis direkt ins Herz. Mit seinem letzten Atem verflucht der Marquis seine Tochter. Die Liebenden fliehen.

Man ist versucht, anzunehmen, es könne nicht irrsinniger kommen, aber die Geschichte hat hier nur ihren Anfang:

Achtzehn Monate später in einem Dorfgasthof in Hornachuelos. Maultiertreiber, desertierte Soldaten und liederliche Frauen treiben es wild im Wirtshaus. Als zum Abendessen etwas Ruhe eintritt, spricht ein »Student« den Segen, in Wirklichkeit handelt es sich aber um den Bruder Leonoras', Don Carlo di Vargas, der verkleidet unterwegs ist. Leonora und ihr Geliebter wurden in der Nacht der Flucht voneinander getrennt. Beide glauben, der jeweils andere sei ums Leben gekommen, aber Carlo weiß, dass beide leben. Entschlossen, den Tod seines Vaters zu rächen und die Ehre der Familie wiederherzustellen, sucht er seither nach seiner Schwester und ihrem Geliebten. Die Tanzmusik beginnt aufs Neue, und Leonora tritt ein, als junger Mann verkleidet. Sie erkennt ihren Bruder und zieht sich sofort wieder zurück.

Eine junge Zigeunerin wahrsagt die Zukunft. Sie sagt Don Carlo, dessen Verkleidung sie durchschaut, ein schreckliches Schicksal voraus. Carlo versucht bei einem reisenden Hausierer, der sich Leonoras angenommen hat, Auskünfte über den jungen Mann, vorgeblich dessen »Reisegefährten«, einzuholen. Er selbst gibt sich als Student aus, der angeblich einem Freund dabei behilflich ist, dessen Schwester und deren Liebhaber aufzuspüren, der offensichtlich ins heimatliche Amerika zurückgekehrt sein muss. Leonora hat dieses Gespräch belauscht und weiß somit, dass ihr Geliebter noch am Leben ist. Sie fühlt sich von ihm betrogen und verlassen. Die zwielichtige Gesellschaft, beglückt von ihren Ausschweifungen, zieht sich indes zur Nacht zurück.

Die Pforte zum Kloster der Madonna der Engel. Leonora, die Zuflucht und stille Buße sucht, nähert sich erschöpft der Klosterpforte. Sie läutet die Glocke und Melitone, ein Franziskanermönch, erscheint. Er lässt sich nur schwer dazu überreden, den Abt zu holen, Padre Guardino, der Melitone fortschickt. Alleine mit Guardino enthüllt Lenora ihre wahre Identität und die widrigen Umstände, die sie hierher gebracht haben. Sie lehnt den Vorschlag des Abts ab, in ein Nonnenkloster einzutreten. Stattdessen will sie ein Leben als Eremit führen. Der Abt stimmt zu, sie zu einer geheimen Höhle in den Bergen zu leiten, wo er alleine Essen zu ihr bringen wird, und wo eine Glocke ihr erlaubt, im Augenblick größter Gefahr seine Hilfe zu rufen. Die Klosterbrüder versammeln sich, und der Abt erklärt den Mönchen, dass ein Eremit fortan in der heiligen Höhle leben wird und niemand seine Abgeschiedenheit stören darf. Die Versammelten stimmen in einen gemeinsamen Fluch ein für den, der dieses Gebot verletzen sollte. Daraufhin singen sie eine Hymne auf die Madonna der Engel.

Ein Schlachtfeld in Norditialien. Don Alvaro, der Inka-Prinz, hat sich unter dem Falschnamen *Capitan Don Herreros* den spanischen Streitkräften angeschlossen und sich rasch Heldenruhm erworben. Im Glauben, Leonora sei tot, beklagt er sein unglückliches Schicksal und bittet sie, gütig vom Himmel auf ihn herabzublicken. Hilferufe schrecken ihn auf und er eilt davon, um nachzusehen. Er kehrt mit Don Carlo zurück, den er vor Mördern gerettet hat. Carlo gibt sich als Adjutant des spanischen Generals aus, der sich angeblich kürzlich den Kämpfen angeschlossen hat. Die beiden tauschen ihre Falschnamen aus, schwören sich ewige Treue und eilen in die wieder aufflammende Schlacht davon.

Im Hauptquartier eines der spanischen Feldherrn. Die Schlacht tobt draußen weiter. Rufe vom Sieg vom Schlachtfeld. Aber Alvaro, verkleidet als Don Herrero, ist schwer verwundet. Diesmal ist es Don Carlo, der ihn vor dem Tod rettet. Er verspricht Alvaro den Orden der Calatravas. Aber Alvaro reagiert auf die Nennung dieses Namens mit wütender Ablehnung. Dennoch vertraut er seinem neuen Freund den Schlüssel zu einer Kassette an, in der sich ein Bündel von Briefen befindet, die Carlo verbrennen soll, sollte er, Alvaro alias Don Herrero, sterben. Damit sollen seine Anonymität und seine Ehre gewahrt bleiben. Alleine gelassen, erinnert sich Carlo an die heftige Reaktion Alvaros auf den Namen Calatrava. Der Verdacht keimt in ihm auf, ob es sich bei seinem Freund tatsächlich um den Geliebten seiner Schwester handeln könnte. Er widersteht aus Ehrgefühl der Versuchung, die Briefe zu öffnen, aber er entdeckt ein Medaillon mit dem Bild Leonoras. Von draußen dringen Rufe, Alvaro/Don Herrero werde überleben. Carlo ist überglücklich, weil er weiß, dass er Rache an dem Lebenden wird vollziehen können.

Ein Militärlager. Eine Patrouille macht ihren Rundgang. Alvaro ist inzwischen von seinen Wunden genesen. Carlo kommt zu seinem Zelt. Er ruft Alvaro bei dessen wahrem Namen und enthüllt gleichzeitig seine eigene, wahre Identität. Vergeblich versucht Alvaro, ihn davon zu überzeugen, dass er am Tod des Marquis unschuldig ist und dass auch Leonora keine Schuld auf sich geladen hat. Carlo lässt Alvaro wissen, dass Leonora noch am Leben ist und fordert ihn zum Kampf auf Leben und Tod heraus. Überglücklich über die Nachricht verweigert sich Alvaro dem Duell, aber als Carlo darauf besteht, sonst Unheil über Leonora und Alvaro zu bringen, nimmt er die Herausforderung an. Beide bekräftigen ihre Verachtung füreinander und beginnen den Kampf. Nur eine zufällig vorbeikommende Wachmannschaft trennt die Kämpfenden. Carlo wird weggeschleppt, und Alvaro entschließt sich, ein heiliges Gelübde abzulegen und sein Leben in einem Kloster zu beenden.

Das Lager füllt sich mit Soldaten, Zigeunern und Marketendern. Die junge Wahrsagerin Preziosilla geht ihren Geschäften nach. Eine Gruppe von Bettlern, die der Krieg um Hab und Gut gebracht hat, und einige unglückliche Zwangsrekrutierte bitten um Almosen, und die junge Zigeunerin und ihr liederlicher Haufen beginnen, die Stimmung aufzuheitern. Da erscheint aus dem Nichts der Mönch Melitone und schilt die Anwesenden für ihr ungebührliches Benehmen. Die Soldaten haben bald von der Predigt des Mönchs genug und verjagen ihn, während die Zigeunerin alle ein Siegeslied anstimmen lässt.

Das Kloster der Madonna der Engel, fünf Jahre später. Melitone teilt Suppe an die Armen aus. Der Abt verlangt Mitleid mit den armen Leidenden, aber Melitone verliert die Geduld und verjagt sie. Carlo hat endlich Alvaro aufgespürt, der inzwischen ein Mönch unter dem angenommenen Namen Don Raffaele geworden ist, zufällig in genau dem Kloster, das Leonore Zuflucht gewährt hat. Carlo verlangt, ihn zu sehen. Alvaro wird herbeigerufen und Carlo fordert ihn zu einem Duell auf Leben und Tod heraus. Alvaro bietet Frieden an, aber als seine Ehre als lediglich die eines Halbbluts beleidigt wird, nimmt er die Herausforderung an. Beide eilen vom Kloster davon.

Ein Tal in der Nähe von Leonoras Höhle. Sie sehnt sich nach einer friedvollen Erlösung durch den Tod und erklärt erneut ihre Liebe zu Alvaro. Das Duell der beiden Männer nähert sich der Felsenschlucht in der Nähe von Leonoras Einsiedelei. Als Leonora den Klang der klirrenden Schwerter hört, zieht sie sich in ihre Höhle zurück. Carlo wird von Alvaro tödlich verwundet, der in den heiligen Ort des Eremiten eindringt, um für den Sterbenden den Totensegen zu erbitten. In dem Moment erkennen sich Leonora und Alvaro. Er unterrichtet sie von dem Geschehen und Leonora eilt, ihren sterbenden Bruder zu umarmen. Mit seinem letzten Atem ersticht Carlo seine Schwester. Der Abt, der auf Leonoras Glockenläuten herbeigeeilt ist, befiehlt Alvaro, er solle aufhören, sein Schicksal zu verfluchen, um demütig vor Gott zu werden. Die sterbende Leonora stimmt in die Bitten des Abts ein und Alvaro ringt sich zu dem Geständnis durch, dass er jetzt endlich erlöst ist.

Als Oper erlebt, werden sowohl diese undenkbare Story wie auch ihre axiomatischen Gefühle auf wundersame Weise wahr.

V.
FAMILY ROMANCE

Als käme er aus dem Nichts, hat sich in Japan innerhalb weniger Jahre ein neuer Wirtschaftszweig etabliert, der rasant wächst und sich auch bereits auf einige andere Länder ausgebreitet hat. Es handelt sich um Agenturen, die »Akteure« vermieten, die auf Leihbasis etwa fehlende Freunde oder Familienmitglieder ersetzen. Die erste dieser Firmen, von einem jungen Unternehmer, Yuichi Ishii, gegründet, trägt den Namen *Family Romance*. Innerhalb von nur vier Jahren beschäftigte diese Agentur bereits mehr als 2000 Akteure und wächst weiter. Ein älterer einsamer Mann zum Beispiel kann sich hier für einen Nachmittag oder Abend einen »Freund« mieten, mit dem er Karten spielt oder durch die Bars zieht und so eine schöne, gesellige Zeit erlebt. Das gesamte Geschäftsmodell hat mit der massiven Einsamkeit in Japan zu tun, die vor allem eine alternde Bevölkerungsschicht betrifft, die alleine gelassen wird. Aber das ist nur ein Teil des Business. Ein hoher Anteil des Geschäftsaufkommens betrifft Hochzeiten, bei denen ein fehlendes Familienmitglied ersetzt wird, um dem Sinn für Harmonie nachzukommen. Der Vater der Braut beispielsweise kann an der Hochzeit nicht teilnehmen, weil er angeblich an Epilepsie leidet, in Wirklichkeit aber schwerer Alkoholiker ist, der nicht für die Familie des Bräutigams präsentierbar wäre. Der angemietete Ersatzvater wird genau über die Gewohnheiten der Familie instruiert, den Namen des Hundes, seinen Beruf, seine Lieblingsgerichte, seine täglichen Routinen. Er kann Auskunft über sich und seine Familie geben, und er wird direkt im Anschluss an die Hochzeit wieder verschwinden, auf immer. Nur auf dem Gruppenfoto der Hochzeit wird er, sozusagen, verewigt.

Ich habe einen Fall miterlebt, in dem die Braut, aus einer streng konservativen Familie stammend, lesbisch war. Sie hat sich ihrer Familie gegenüber nie outen können, um den Schein aufrechtzuerhalten, heiratet sie nun. Der Bräutigam wird angemietet und genau instruiert. Das Paar wird tatsächlich in einer offiziellen Zeremonie getraut und der Bräutigam arbeitet von nun an »im Ausland.« Er taucht nie wieder auf, aber der Schein ist gewahrt. Yuichi Ishii, selbst ein höchst begabter Darsteller, jung und sehr gut aussehend, hat in ganz unterschiedlichen Konstellationen bei Hochzeiten mitgewirkt und seinen Aussagen nach mindestens zwanzigmal den Bräutigam gegeben, und er versichert glaubwürdig, dass fast die Hälfte der Bräute ihn tatsächlich gerne als Ehemann behalten hätte. Aber die eiserne Grundregel für alle Akteure von *Family Romance* lautet, dass die professionelle Linie niemals überschritten werden darf, dass Gefühle niemals überhandnehmen dürfen.

Yuichi Ishii hat auch Aufgaben übernommen, bei denen er stellvertretend Beschimpfungen auf sich nahm. Bei den japanischen Hochgeschwindigkeitszügen sind die Verbindungen auf Sekunden genau getaktet. Wenn ein Zug um sechzig Sekunden zu spät aus einem Bahnhof abfährt, ist das gerade noch innerhalb der Toleranz der Verbindungen. Ab fünfundsiebzig Sekunden Verspätung tritt ein Domino-Effekt ein, der nur sehr schwer eindämmbar ist. In einem Fall schickte der Fahrdienstleiter auf dem Bahnsteig aber seinen Hochgeschwindigkeitszug versehentlich um dreißig Sekunden zu früh auf die Reise. Dadurch wurden Geschäftspartner voneinander getrennt, und eine Familie mit mehreren Kindern war gerade dabei, das Gepäck in ihren Waggon zu verstauen, als der Zug abfuhr. Zwei der drei Kinder blieben alleine auf dem Bahnsteig zurück. Der Angestellte, dem das Missgeschick widerfuhr, musste sich ein paar Tage später von einem der Vorstandsmitglieder der Gesellschaft eine Standpauke anhören. Er ist zugegen, aber Yuichi Ichii tritt vor und verbeugt sich entschuldigend immer tiefer in die Beschimpfungen hinein. Schließlich, wie es im japanischen Kanon des Verhaltens nicht unüblich ist, kniet er nieder und lässt auf Hände und Knie niedergebeugt die Beschimpfungen über sich ergehen. Alle Beteiligten, der wirkliche Übeltäter, der hochrangige Vertreter der Bahngesellschaft und Ishii selbst, wissen, dass hier eine Performance abläuft. Aber Sinn der Inszenierung war es eben gerade, das Gesicht des Fahrdienstleiters zu wahren. In der japanischen Kultur ist das von zentraler Bedeutung.

Meinen Spielfilm *Family Romance, LLC* ging ich fast ohne Vorbereitungen an, ohne ein Wort japanisch zu sprechen. Yuichi Ishii war bereit, mir in zwei Sitzungen aus seinem Arbeitsleben zu erzählen und mir dann beim Casting für den Film behilflich zu sein. Ich wollte alle Rollen aus seinem »Stall«, mit seinen Akteuren besetzen. Die Story ist in vielen meiner Filme meist lose an wirkliche Begebenheiten angelehnt, die ich zu einer zusammenhängenden Geschichte verwebe. Beim Casting in Japan stellte sich rasch heraus, dass Yuichi Ishii von mir spontan erfundene Situationen von hinter der Kamera sehr geschickt in die richtigen Bahnen lenkte und dabei Stichworte gab. Bereits früh am ersten Tag erfand er spontan Dialoge, und zwar auch für Situationen, die er nie so in seiner Arbeitspraxis erlebt hatte. Ich war von seinen Fähigkeiten, seiner Präsenz und seinem Vermögen, sich in ganz unterschiedliche Szenarien wie selbstverständlich einzufügen, so beeindruckt, dass ich ihm antrug, die Hauptrolle in meinem Film zu übernehmen. Das tat er dann auch.

Mein Film handelt von einem elfjährigen Mädchen, Mahiro, das sich nach ihrem Vater sehnt. Wie er aussieht, weiß sie nicht, weil sie zum Zeitpunkt der Scheidung ihrer Eltern noch keine zwei Jahre alt war. Mahiros Mutter entschließt sich, einen Vater zu mieten, der das Mädchen dann auch tatsächlich in einem Park trifft. Alles, was sich abspielt, ist gelogen, ist eine Inszenierung. Aber der Glaube, ihren Vater zu treffen, gibt Mahiro Zuversicht. Sie wird selbstbewusster, und sie entwickelt zunehmend eine Zuneigung zum für sie offensichtlich gefakten Vater. Ihr »Vater« nimmt Anteil, hört ihr zu, geht liebevoll mit ihr um. Zugleich beginnt auch Mahiro, zumindest in kleinen Dingen, zu lügen. Sie zeigt ihrem Vater Fotos auf ihrem Handy, darunter eines von ihr an einem Strand in einer Yoga-Pose. Ishii ist angetan von ihr und dem schönen Strand. Wo das Bild gemacht sei? Auf Bali, schwindelt ihn Mahiro an, um sich durch so eine Ferienreise etwas wichtiger zu machen. Am nächsten Tag, als Ishii seinen Wochenlohn für seine Arbeit abholt, erfährt er, dass Mahiro und ihre Mutter nie auf Bali waren. Das Bild hat sie auf einem Strand in der Nähe aufgenommen. Es sei hier festgestellt, dass alle im Film auftretenden Personen Darsteller sind, auch das elfjährige Mädchen. Alle Schauspieler waren von mir genau über den Inhalt der jeweiligen Situation unterrichtet, aber sie mussten innerhalb des präzise abgesteckten Rahmens ihre Dialoge selbst erfinden. Ohne Ausnahme waren alle derartig gut und glaubwürdig, dass einige Kritiker den Film für einen Dokumentarfilm hielten. Ich sage das mit einem gewissen Stolz. Die Story wird gegen Ende dann komplizierter, weil sich Mahiros Mutter in den von ihr bezahlten Darsteller ihres geschiedenen Mannes verliebt. Ishii muss sich aus seiner Aufgabe zurückziehen. Alles in dem Film ist Lüge, alles ist vorgegaukelt, alles ist eine professionelle Performance, aber das Seltsame ist, dass es in dem allen eine Konstante der Wahrheit gibt: die Gefühle. In all der Lüge sind die Gefühle immer wahrhaftig.

Zu dem Film gab es ein bemerkenswertes Nachspiel. NHK, die nationale Fernsehanstalt Japans, drehte ein Jahr später eine Dokumentation über Ishii. Man bat ihn, einen Kunden zu nennen, der bereit sei, ebenfalls vor der Kamera über seine Erfahrung mit *Family Romance* zu sprechen. Ishii gab dem Fernsehteam den Namen und die Adresse eines seiner Kunden, der willens war, ohne seinen vollen Namen zu nennen, Auskünfte zu geben. Es handelte sich um einen älteren Mann, der an Einsamkeit litt und sich mehrmals einen »Freund« gemietet hatte. So weit, so gut. Die Sendung wurde ausgestrahlt, aber direkt danach meldeten sich mehrere Zeugen, die darauf hinwiesen, der alte einsame Mann sei ein Schwindler. Es stellte sich heraus, dass es sich ebenfalls um einen Akteur aus dem Stall von *Family Romance* gehandelt hatte. Ishii hatte einen seiner Darsteller für das Interview geschickt. NHK musste sich in einer ausgestrahlten Erklärung entschuldigen, das Schlimmste, was der Sendeanstalt an Gesichtsverlust widerfahren konnte. Es war ein Skandal. Das eigentlich Interessante daran: Ishii verteidigte sich, er habe einen seiner Akteure vorgeschoben, weil er sicher gewesen sei, ein wirklicher Kunde hätte vor laufender Kamera seine Einsamkeit beschönigt, um sein Gesicht zu wahren, hätte vermutlich gelogen und nur im besten Fall die halbe Wahrheit gesagt. Nur einer seiner Akteure, der den Job, einen Einsamen aufzuheitern, schon Hunderte Male durchgeführt habe, konnte tiefgehende Einblicke erlauben. Sein Hochstapler, der Lügner, der genau wusste wovon er sprach, würde die wirkliche Wahrheit sagen.

VI.
HISTORISCHE FAKE NEWS

RAMSES II.

Vom Anbeginn schriftlicher Aufzeichnungen an wissen wir, dass es zu allen Zeiten in den Tiefen der Geschichte Fake News gab. Sie sind keine Erfindung unserer Zeit. Sie sind heute nur sichtbarer, weil sie sich so rasant in den Medien und dem Internet weltweit verbreiten. Der früheste dokumentierte Fake-News-Fall ist die Schlacht von Kadesh, die Ramses II., der Große, 1274 vor Christus gegen die Hethiter schlug. Die Hethiter hatten ein bedeutendes Reich im heutigen Anatolien gegründet und es kam wiederholt zu kriegerischen Auseinandersetzungen mit Ägypten. In diesem Fall handelte es sich um eine Invasion ägyptischer Truppen auf hethitischem Territorium mit dem Ziel, die Stadt Kadesh zu erobern, gelegen im heutigen Grenzgebiet von Syrien und Libanon. Wir kennen Details dieser Schlacht, weil sie außergewöhnlich genau schriftlich dokumentiert ist. Es war dies vermutlich eine der größten Schlachten mit Streitwagen in der Geschichte, bei der fünf- bis sechstausend davon, beide Seiten eingerechnet, zum Einsatz kamen. Ramses selbst hatte vermutlich wie immer einen zahmen Löwen mit sich in seinem Streitwagen. Auf Reliefs an den Wänden des Tempels von Amon in Karnak stellt er sich als großen Sieger dar, der Feinde erschlägt und auf den Gefallenen herumtrampelt. Aber das waren Fake News. Ramses war nicht der Sieger, die Schlacht ging bestenfalls für ihn unentschieden aus. Aus den Beschreibungen der Schlacht wissen wir, dass Ramses, von falschen Informationen durch gefangene Feinde irregeführt, und wohl auch allzu siegessicher, seiner großen Hauptarmee vorauspreschte. Dabei geriet er in einen Hinterhalt von hethitischer Infanterie und schweren hethitischen Streitwagen und konnte sich selbst nur knapp retten. Die Schlacht neigte sich dann wieder eher den Ägyptern zu, die allerdings schwere Verluste erlitten hatten. Die Selbstdarstellung Ramses' war eine glatte Lüge.

Wir haben das Glück, auch den Friedensvertrag der beiden Kriegsparteien fast vollständig überliefert bekommen zu haben. Es ist dies der früheste Friedensvertrag, den wir aus der Geschichte kennen. Es gibt zwei leicht abweichende Versionen davon, den ägyptischen auf Reliefs gemeißelt und den hethitischen in Keilschrift, heute im Archäologischen Museum in Istanbul aufbewahrt. Vermutlich handelt es sich bei beiden Vertragstexten um Übersetzungen aus dem Akkadischen, der Diplomatensprache der damaligen Zeit. Der Friedensvertrag erwähnt keinen Sieger. Beide Parteien stellen sich als gleichberechtigt dar. Der Kern des Vertrags ist ein Nichtangriffspakt beider Seiten und garantiert darüber hinaus die gegenseitige Unterstützung bei Angriffen von außen. Hinzu kommt eine genaue Vereinbarung zur Auslieferung von Geflohenen, für beide Vertragsparteien gültig. Mit dem Vertrag wurde faktisch ein verbindliches Dokument hergestellt, das aber, als wolle man seine Gültigkeit im Reich der Götter und der Ewigkeit mit einer tieferen Dimension, einer Wahrheit, ausstatten, zahllose Gottheiten beider Seiten zu Zeugen anruft. Darunter:

»Tausend der männlichen und der weiblichen Götter aus dem Land der Hatti [Hethiter], gemeinsam mit tausend der männlichen und weiblichen Götter aus dem Land Ägypten.« Danach folgt eine lange Litanei und daraufhin werden kosmische Mächte angerufen: »Die Königin des Himmelsfirmaments. Die Götter, die Herrscher über die Erde. Die Göttin, die Herrin der Böden. Die Herrin der Eide, Ishara. Die Herrin der Berge und Flüsse des Landes Hatti. Die Götter des Landes Kizuwadna. Dann Amon. Dann Re. Dann Seth. Die männlichen Götter, dann weiblichen Götter gemeinsam mit den Bergen und Flüssen des Landes Ägypten. Das Firmament. Die Erde. Der Große Ozean. Die Winde. Die Wolken.« Darauf folgen Flüche für den, der diesen Vertrag brechen sollte.

NUMA POMPILIUS

Um Numa Pompilius zu verstehen, müssen wir uns zuerst mit seinem Vorgänger Romulus befassen. Die Gestalt dieses Gründers von Rom ist in Legenden und Mythen gehüllt, aber in ihnen schwelt gewöhnlich ein Kern von Wahrheit. Romulus und sein Zwillingsbruder Remus waren in einem Weidenkorb am Tiber von mitleidigen Bediensteten ausgesetzt worden, die die beiden Säuglinge eigentlich hätten ertränken sollen. Ihre Mutter, Rhea Silvia, war von ihrem Onkel, dem König Amulius von Alba Longa, der seinen Bruder, Numitor, den rechtmäßigen König vertrieben hatte, zwangsweise zu einer vestalischen Jungfrau gemacht worden. Sie war zur Keuschheit verdammt, bekam aber Zwillinge. Sie nannte den Kriegsgott Mars als den Vater; er habe ihr Gewalt angetan. Laut dem Geschichtsschreiber Livius war dies für sie die ehrenhafteste Erklärung, ihre zweifelhafte Mutterschaft zu erklären. Der Korb mit den Zwillingen landete am Ufer des Flusses und eine Wölfin säugte sie, bis sie von einem Fischer gefunden und adoptiert wurden. Erwachsen geworden, sammelten die Zwillinge eine Schar von jungen Männern um sich, die von Plünderungen lebten. Romulus, ein außerordentliches Talent in Sachen der Kriegsführung, begann, die wilden Raubzüge in immer besser geplante militärische Organisation umzuwandeln, und es reifte bald der Plan, eine eigene Stadt zu gründen. Darüber gerieten die Zwillinge in Streit. Remus wollte die Stadt mit ihren Befestigungen am Hügel des Aventin bauen, Romulus am Palatin. Remus sah als Erster ein Omen in Form von sechs Geiern, die ihn und seinen Hügel überflogen. Aber kurz danach überflog die doppelte Anzahl an Geiern Romulus, und es brach ein Streit darüber aus, wer als Erster das Zeichen erhalten hatte, oder wer das größere. Remus machte sich schließlich über die noch niedrigen Palisaden seines Bruders lustig und sprang über sie hinweg, worauf ihn Romulus im Zorn erschlug. »So soll in Zukunft jeder vernichtet werden, der über meine Mauer springt«, soll Romulus der Legende nach gesagt haben.

Romulus gründete also seine Stadt, die aber von den umliegenden Städten als Feldlager inmitten existierender Siedlungen empfunden wurde. In seinen siebenunddreißig Jahren als Herrscher führte Romulus ohne Unterbrechung Kriege, unter ihm wurden auch Frauen aus der von Sabinern besiedelten Umgebung geraubt. Es kam zu einer zwangsweisen Vermischung der Bevölkerungen. Romulus, der rastlose Krieger, verschwand bezeichnenderweise bei einer Militärparade, bei der ein Gewittersturm losbrach und eine dichte Wolke ihn verhüllte. Als sich die Wolke wieder lichtete, war der Stuhl Romulus' leer. Er wurde nie mehr gefunden. Zu seiner Nachfolge konnte sich das Volk nicht auf einen Kandidaten einigen. Eine Partei verlangte nach einem König nicht aus römischem, sondern aus sabinischem Geschlecht. Es kam zu einem Interregnum, während dessen der Senat die Macht übertragen bekam. Alternierend wurde jeder der hundert Senatoren für fünf Tage zum Machthaber. Das ging nicht lange gut, und nach nur einem Jahr wurde Numa Pompilius, ein Sabiner, zum König ausgerufen. Er war klug und galt als Friedensstifter, wollte Rom zudem mit festen Statuten und religiösen Ritualen stabilisieren.

Numa regierte von 715 bis 672 vor Christus. Seine Herrschaft von insgesamt dreiundvierzig Jahren begann er umgehend mit Fake News. In seinem Fall waren seine Erfindungen dazu gedacht, dem Wohlergehen der Allgemeinheit zu dienen – diese Rede vom Wohl der Allgemeinheit ist stets gefährlich, weil jeder Machthaber sich darauf berufen kann. Numa begann, wundersame Geschichten zu verbreiten. Er simulierte – genau dieses aus dem Lateinischen stammende Wort benutzt Livius – nächtliche, geheime Treffen mit der Nymphe Egeria, einer Göttin, die ihn dazu anhielt, ein dauerhaftes Gesetzeswerk in Angriff zu nehmen. Damit überhöhte er seine Erfindungen als göttliches Diktat. Numa Pompilius führte den Kult des Terminus ein, des Gottes der Grenzen, und das bedeutete die Anerkennung auch der Grenzen der anderen. Bestärkt und beschützt wurden seine Bemühungen durch einen Schild aus Messing, der von Jupiter auf die Erde geworfen worden war. Numa ließ sofort elf genaue Kopien herstellen, die selbst er nicht mehr vom Original unterscheiden konnte. So sollte einem Diebstahl vorgebeugt werden. Diese Schilde, die Ancilien, wurden jährlich einmal in einer Prozession durch Rom getragen. Der Brauch hielt sich über Jahrhunderte und gab Rom die Gewissheit von Stärke und übernatürlichem Schutz. Numa war es auch, der eine Kalenderreform durchführte. Seit ihm zählen wir bis heute zwölf statt nur zehn Monate. Er erfand die Monate Januar und Februar, und diese Namen sind noch heute im Gebrauch. Er begründete das priesterliche Amt des Pontifex Maximus, des »Brückenbauers« zwischen Menschen und Göttern. Dieser Titel wurde von der katholischen Kirche übernommen, bis heute trägt ihn der Papst, der Pontifex. Numa führte Handwerksgilden ein, auch sie haben einen erstaunlichen Bestand bis in unsere Zeit hinein. Er führte die Befolgung von religiösen Geboten ein, wie etwa die Idee des ewigen Feuers, das die vestalischen Jungfrauen nie ausgehen lassen durften. Die römische Kirche übernahm sie, und bis heute erkennt man eine katholische Kirche daran, dass im Inneren ein Ewiges Licht brennt. Auch die Verfolgung des frühen Christentums konnte das heilige Licht in den verborgenen Kirchen nicht wirklich auslöschen. Dann, durch Konstantin, wurde das Christentum anerkannt. Theodosius I., der Große (379–395 nach Christus), versuchte nach mehr als tausend Jahren Tradition noch einmal, das Licht löschen zu lassen, der neu errichteten Orthodoxie wegen. Er handelte in Anerkennung der Beschlüsse des Konzils von Nicäa, das die endgültige Abschaffung römischer religiöser Traditionen verlangt hatte, und ließ das Ewige Licht verbieten, vermutlich um das Jahr 390 nach Christus herum, als er seinen nach ihm benannten Gesetzescodex erließ. Über mehr als zweieinhalb Jahrtausende hinweg aber lebt Numas Erfindung weiter. Das Ewige Licht brennt noch heute.

NERO

Seine Gestalt hat mich immer fasziniert. Und um die nach seinem Tod folgenden Fälschungen, die *falschen Neros*, zu verstehen, müssen wir ihn ein wenig beleuchten. Die Idee eines »Selbst« ist uralt in uns verankert, hier aber hat die Idee etwas schillerndes, wie Narrengold. Heute, mit der weltweiten Verbreitung des Internets, hat sie eine eigene, massenhafte, sichtbare Dimension erreicht. Aber dies ist immer gepaart mit einer schwer erklärbaren Anziehungskraft solcher Figuren, die konstant zu sein scheint.

Bereits Nero scheint eine außerordentliche Anziehungskraft auf die kollektive Imagination seiner Zeit gehabt zu haben. Er war der fünfte römische Kaiser und regierte von 56 bis 68 nach Christus. Seine Mutter, Agrippina, brachte ihn in die Ehe mit dem Kaiser Claudius mit, der den Jungen adoptierte. In der Geschichtsschreibung der Zeit wurde gemunkelt, sie habe Claudius vergiftet, um den noch unmündigen Nero zum Kaiser ernennen zu lassen, und selbst als Vormund Ambitionen auf die Herrschaft gehabt. Die damaligen Historiker, Tacitus, Suetonius und später Cassius Dio, der die beiden als Quellen nutzte, sind überwältigend negativ in ihrem Urteil über ihn. Die heutige Forschung weist differenzierter darauf hin, dass Nero mit seinen vulgären Auftritten in der Arena die aristokratischen Gefühle der damaligen Chronisten verletzte. Es gibt Quellen, laut derer er – vor allem in seiner frühen Regentschaft – eine Steuer-reform durchsetzte, und Geheimprozessen des Senats ein Ende bereitete. Er war der Erste, der Sklaven die Möglichkeit gab, gegen die grausame Behandlung durch ihre Eigner vor Gericht Klage zu erheben. Er intensivierte den Handel und belebte das Kulturleben. Er ließ mit einer ausgedehnten Nilexpedition Afrika bis tief ins Innere erforschen und tat sich durch massive Bautätigkeit hervor. Man kann sicher die Behauptung abtun, Nero habe Rom in Brand gesteckt, um sich als Sänger in die richtige Stimmung dazu zu versetzen, ein Klagelied auf seine brennende Stadt, das Zentrum der Welt, zu singen. Eine andere Version besagt, Nero habe in einem Bühnenkostüm gefiedelt und den Untergang Trojas besungen. Wieder eine andere, er habe sich für seinen riesigen neuen Goldenen Palast Platz schaffen wollen. Wir wissen aber heute mit einiger Sicherheit, dass Nero zur Zeit des Brandes, der sieben Tage lang wütete (dazu kamen dann nochmals drei Tage, in denen der Brand immer wieder aufflackerte), gar nicht in Rom war, sondern auf Capri. Nero schob dann den frühen Christen die Schuld an dem Brand zu und ließ Tausende von ihnen entlang der Via Appia als lebende Fackeln verbrennen.

An der Tyrannei, der Impulsivität, der Grausamkeit und dem Irrsinn Neros gibt es kaum Zweifel. Er empfand sich in erster Linie als großer Künstler und trat in der Arena als Schauspieler in vulgären Stücken auf, spielte die Lyra und nahm auch als Wagenlenker bei Rennen im Circus Maximus teil. Er machte sein Sexualleben öffentlich, und daneben gab es im Geheimen ebenfalls unzählige Skandalgeschichten über seine Ausschweifungen. Sie reichen von der Vergewaltigung einer vestalischen

Jungfrau bis zu Inzest, zu Mord. Er tötete angeblich mit Fußtritten seine hochschwangere Frau Poppaea. Seine Ehefrau davor, Claudia, soll er ermordet haben, um Poppaea heiraten zu können. Er ließ seine Mutter hinrichten, ebenso seine dritte Frau, Messalina. Nero war der Erste, der eine gleichgeschlechtliche Heirat einging, sie ist keine Errungenschaft der Gegenwart. Im Jahr 67 nach Christus heiratete er in einer öffentlichen Zeremonie seinen Sklavenjungen Sporus, der sein Lieblings-Lustknabe war, nachdem er ihn hatte kastrieren lassen. Sporus war bei der Hochzeit in die Insignien einer Kaiserin eingekleidet. Möglich, dass Nero schon drei Jahre zuvor während der Saturnalien, eine Art Vorläufer des heutigen Karnevals, einen Freigelassenen, Pythagoras, heiratete, wobei diesmal der Kaiser als Braut erschien.

Ich will mich hier etwas näher mit Sporus beschäftigen, eine tragische Figur ganz eigener Dimension. Beim Tod Neros war er einer der letzten vier Getreuen, die diesen nicht verließen.

Während der tumultartigen Ausschreitungen des Volkes von Rom gegen den Kaiser hatte der Senat Nero zum Staatsfeind erklärt, zum Geächteten. Er ist damit zum Tod verurteilt. Es ist der 8. Juni 68 nach Christus. Nero findet sich, als er um Mitternacht erwacht, alleine in seinem Palast. Die Wachen sind verschwunden. Niemand ist da. Der Kaiser macht sich alleine in den Gemächern herumirrend auf die Suche, aber sie sind alle leer. Er ruft nach einem Gladiator oder irgendjemandem, der ein Schwert habe, der in der Lage sei, ihn zu töten. Aber niemand antwortet. »Habe ich denn weder Freund noch Feind«, schluchzt Nero. Da haben sich schon Sporus und drei weitere letzte Getreue eingefunden. Nero rennt zum Tiber, um sich zu ertränken, aber er schafft es nicht und kehrt in den Palast zurück. Dort schreibt er hastig eine Rede, die er am Morgen vor dem Senat halten will, aber dazu kommt es nicht, weil er befürchtet, auf dem Weg zum Forum gelyncht zu werden. Das Manuskript findet man später in seinem Schreibtisch. Darin wollte er den Senat und die Bevölkerung anbetteln, ihm seine Vergehen zu verzeihen und ihm wenigstens die Präfektur von Ägypten, also weitab von Rom, zu belassen. Er plant, zum Hafen von Ostia zu fliehen, um mit der Flotte in Richtung Osten zu segeln, in noch loyale Provinzen, die er dort vermutet. Den Plan gibt er aber als aussichtslos auf. Phaon, ein von Nero Freigelassener, Sporus und zwei weitere Getreue verkleiden Nero als Bauer und fliehen zu einem Landgut und der Villa Phaons, ein paar Kilometer außerhalb der Stadt. Es ist inzwischen der Morgen des 9. Juni. Bei der Villa angekommen, richtet Nero all sein Wehklagen an Sporus. Er lässt sich ein Grab schaufeln. Er will sich selbst erstechen, aber er schafft es nicht. »Welch ein großer Künstler geht mit mir verloren«, murmelt er immer wieder Sporus zu. Er bettelt seine Getreuen an, einer von ihnen solle sich, um ihm ein Beispiel zu geben, zuerst töten. Aber keiner tut es. Als sich bewaffnete Reiter nähern, befiehlt Nero seinem Privatsekretär, Epaphroditus, ihn zu erdolchen. Nero wurde dreißig Jahre alt.

Was mit den anderen Getreuen Neros geschieht, wissen wir nicht. Aber Sporus taucht wieder auf. Der prätorianische Präfekt, Nymphidius Sabinus, übernimmt ihn als Ehefrau. Er nennt ihn Poppaea. Er versucht, die Kaiserwürde an sich zu reißen, wird aber von seinen eigenen Gardisten ermordet. Im

Chaos nach Neros Tod gibt es vier Kaiser in Folge in nur einem einzigen Jahr. Sie wurden alle in abgelegenen Provinzen von den dortigen Heeren zum Kaiser ausgerufen und zogen von dort nach Rom. Otho, der zweite Kaiser nach nur wenigen Monaten seines Vorgängers Galba, den er ermorden lässt, war Jahre zuvor von Nero gezwungen worden, sich von seiner Frau Poppaea scheiden zu lassen, damit er, Nero, sie heiraten konnte. Otho übernimmt Sporus. Inzwischen zieht Vitellius, von seinen Legionen am Rhein zum Kaiser ausgerufen, gegen Rom und besiegt Otho am 14. April 69 nach Christus in einer Schlacht in der Nähe von Cremona. Otho begeht am nächsten Tag Selbstmord. Vitellius, der dritte Kaiser des Jahres, übernimmt nun Sporus in seinen Besitz. Er plant, in Rom angekommen, Sporus, als Nymphe Proserpina eingekleidet in einem Schauspiel in der Arena auftreten zu lassen. Dort soll er, dem Mythos entsprechend, von Hades geraubt in die Unterwelt verschleppt werden. Proserpina wird zur Herrscherin in der Unterwelt. Um sich diesem Schauspiel zu entziehen, tötet sich Sporus selbst. Vitellius gewann rasch an Popularität in der noch vorhandenen Anhängerschaft Neros in den unteren Schichten der Bevölkerung, indem er Nero imitierte, wurde aber nur wenige Monate später ermordet, als Vespasian, von den Heeren in Judäa und in Ägypten zum Kaiser ausgerufen zum vierten Kaiser des Jahres 69 nach Christus, nach Rom zog. Dort kam es zu verlustreichen Straßenkämpfen und Vitellius, der sich in seinem Palast in Verkleidung in einem winzigen Zimmer einer der Wachen versteckt hatte, wurde hervorgezogen und niedergemacht. Sein letztes Wort in seiner armseligen Aufmachung soll gewesen sein: »Und dennoch war ich euer Kaiser.«

Schon bald nach dem Tod von Vitellius tauchte in Griechenland, in Achaia, der erste falsche Nero auf. Laut Tacitus war er ein Sklave aus dem Pontus, dem Gebiet des Schwarzen Meeres. Der Hochstapler sammelt Deserteure um sich und sticht mit ihnen in See, vermutlich, um in Rom die Herrschaft anzutreten. Es gibt auch Spekulationen, dass der Pseudo-Nero in Kleinasien eine Provinz übernehmen wollte. Ein Sturm lässt ihn aber auf einer kleinen Insel der Kykladen stranden. Von dort aus betreibt er Seeräuberei, plündert Schiffe aus und zwingt aus ihrer Besatzung Rudersklaven in seine Mannschaft. Ein Kapitän, den er anwerben will, verrät ihn an die römischen Truppen, und er wird von ihnen gestellt und getötet. Sein abgeschlagener Kopf wird zur Schaustellung durch Kleinasien und von dort aus nach Rom geschickt.

Den Namen des zweiten Pseudo-Nero kennen wir: Terentius Maximus. Er tauchte nach dem Tod Vespasians während der Herrschaft des Kaisers Titus auf. Angeblich ähnelte er Nero, trat als Sänger öffentlich auf und schlug wie der echte Kaiser die Leier. Er erschien in Kleinasien, aber wandte sich nicht nach Rom, sondern in die entgegengesetzte Richtung nach Mesopotamien. Dort rekrutierte er eine ansehnliche Gefolgschaft. Man glaubte ihm zunächst und empfing ihn mit kaiserlichen Würden. Cassius Dio berichtet, er sei von dem parthischen Herrscher militärisch unterstützt worden, doch bevor sich der Pseudo-Nero nach Rom aufmachen konnte, wurde seine erfundene Identität enthüllt. Auch ihm wurde der Kopf abgeschnitten. Ein dritter Pseudo-Nero erschien ebenfalls in Kleinasien während der Herrschaft des Kaisers Domitian. Dieser war nach dem Tod seines älteren Bruders Titus römischer

Kaiser geworden, doch wissen wir von diesem Wiedergänger Neros wenig. Der populäre Glaube, Nero werde wiederkehren, nach Rom ziehen und die Herrschaft wieder übernehmen, hielt sich bis ins 5. Jahrhundert. Der Heilige Augustinus berichtet davon aus Hippo in Nordafrika, wo er Bischof war. Das zeigt, wie weit der Aberglaube verbreitet war.

Letztlich erinnert es an Elvis, der ebenfalls angeblich nicht tot ist. Nero, Elvis, sie beide sind Figuren, die offensichtlich Eigenschaften haben, die derart mythische Dimensionen annehmen können. Es sei hier nicht angedeutet, Elvis sei mit Nero vergleichbar, außer eben in dem Punkt, dass sie die Phantasie für lange Zeit beschäftigen. In Tokio kann man bis heute an Sonntagen Elvise in Kostümen und mit Gitarren in Parks bewundern, die miteinander wetteifern, manchmal bis zu hundert auf einmal. Aber hier darf ein Unterschied nicht übersehen werden: sie sind nicht Elvis, sondern lediglich Fans, Imitatoren, keine selbsternannten Wiedergeburten und auch keine Hochstapler. Elvis aber bleibt uns, wie ein Schlafender König im Berg.

DIE KONSTANTINISCHE SCHENKUNG

Die sogenannte konstantinische Schenkung ist wohl die folgenreichste Fälschung, die wir aus der Geschichte kennen. Der Kirchenstaat begründete sich darauf. Der Text der gefälschten Urkunde bezieht sich auf den römischen Kaiser Konstantin den Großen, der von 306 bis 337 nach Christus regierte, angeblich von dem damaligen Papst Sylvester von einer schweren Lepraerkrankung geheilt wurde und diesen dafür mit der Schenkung weiter Ländereien bedachte. Die Schenkung überließ dem Papst Rom, Italien und die westlichen Regionen. Hinzu kamen Vorrechte, die nur für einen römischen Kaiser vorgesehen waren. Darüber hinaus bedachte er den Papst großzügig auch mit der Herrschaft über die vier wichtigsten »Weltstädte«, Jerusalem, Konstantinopel, Antiochia und Alexandria.

Die Schenkung ist eine Erfindung, formuliert um etwa 752 nach Christus. Hintergrund war die Etablierung einer neuen fränkischen Dynastie, der Karolinger. Dreihundert Jahre lang hatten zuvor seit Chlodwigs Vereinigung der Franken zu einem gemeinsamen Reich, dem der Merowinger, deren Könige geherrscht, obwohl sie sich durch Verrat, Morde und Intrigen immer weiter geschwächt hatten. Eigentlicher Herrscher war seit Karl Martell (»Der Hammer«), der den Vormarsch der Moslems in Frankreich mit seinem Sieg in der Schlacht von Tours und Poitiers 732 zum Halten gebracht hatte, der jeweilige Majordomus, also der höchste Verwaltungsbeamte. Die merowingischen Könige waren Könige nur noch dem Namen nach. Karl Martells Sohn Pippin der Kurze, der von 751 bis 768 regierte, war der eigentliche Regent. Der König, Schilderich III., war währenddessen in einem Kloster weggesperrt, und Pippin sah seine Chance, selbst König zu werden, indem er den Papst in Rom dazu aufrief, ihm Salbung und Königswürde zu verleihen. Der Papst, Stephan II., brach im Jahr 753 zur ersten Alpen-Überquerung eines Papstes überhaupt auf und traf Pippin in Frankreich. Auch er war auf Hilfe gegen die eigenen Bedrängungen durch Ostrom angewiesen, es gab also gemeinsame Interessen. Der Papst nötigte Pippin, die Urkunde der Schenkung Konstantins anzuerkennen. Pippin übergab ihm im Gegenzug seine jüngst gemachten Eroberungen in der Lombardei und Mittelitalien.

Und damit sei angemerkt, wie sehr unsere Beurteilung von Menschen durch vorgeformte Meinungen und festgefahrene Perspektiven verzerrt sein kann. Wahrheit ist oft nur ein Konstrukt unserer Vorurteile. Ich muss hier an Mike Tyson denken, der mit zweiundzwanzig Jahren zum jüngsten Schwergewichts-Boxweltmeister überhaupt aufstieg. Ich lernte ihn bei einem Produzenten in Hollywood kennen, der mir antrug, einen Film über Tyson zu machen. Aus dem Film wurde nichts, weil Tyson seine dreihundert Millionen an Besitz durchgebracht, verschleudert hatte, und jetzt in schweren finanziellen Nöten steckte. Vermutlich waren seine Gagenforderungen so hoch, dass sie unbezahlbar waren. Tyson und ich waren von dem Verhandlungsteam, mehreren Anwälten, gleichermaßen verschreckt, und zogen uns auf eine Veranda zurück, um uns erst einmal ein wenig kennenzulernen. Wir verstanden uns vom ersten Moment an. Tyson haftete der Titel an, »The Baddest Man on the Planet« zu sein. Bevor er sein elftes Lebensjahr erreicht hatte, war er bereits vierzigmal verhaftet worden. Er lebte mit seiner Mutter, die sich mit Prostitution durchbrachte, in einer Ein-Zimmer-Wohnung, und wurde so Zeuge von Besuchen von Freiern. Er stahl oft Geld aus deren über einen Stuhl gebreiteten Hosen. Er verbrachte dann als Heranwachsender mehrere Jahre in Haftanstalten für jugendliche Straftäter und lernte dort Boxen. Im Ring verbreitete er Schrecken, schlug seine ersten etwa zwanzig Gegner in Wutanfällen schon nach wenigen Minuten k. o. Als Weltmeister, in einem

Titelkampf gegen Evander Holyfield, geriet er so in Bedrängnis, dass er seinen Zahnschutz ausspuckte und seinem Gegner dann ein Teil von dessen Ohr abbiss. Als ich Mike Tyson traf, hatte er gerade eine Gefängnisstrafe wegen Vergewaltigung abgesessen. Er war rechtskräftig verurteilt worden. Er räumt alle seine Untaten frei ein, aber bestreitet den Vergewaltigungsvorwurf bis heute vehement. Persönlich ist er ein eher scheuer Mann, der lispelnd spricht. Er hatte im Gefängnis zu lesen begonnen, war zutiefst wissbegierig, und ich weiß nicht mehr, wie, kamen wir auf die Römische Republik zu sprechen und dann auf die fränkische Dynastie der Merowinger. Seine Kenntnisse waren erstaunlich. Bei einem öffentlichen Gespräch mit ihm in der New York Public Library mit einem Freund von mir, Paul Holdengraeber, bat ich Paul, das Publikum zuvor zu befragen: wer unter den sechshundertfünfzig Intellektuellen, Schriftstellern und akademisch Gebildeten je etwas von Pippin dem Kurzen gehört hatte, immerhin dem ersten karolingischen König und Vater Karls des Großen. Doch unter den Anwesenden war niemand, nicht ein einziger, dem der Name etwas sagte. Aber Mike Tyson sprach dann eloquent von ihm und obskuren merowingischen Königen.

Zurück zur Schenkung Konstantins. Pippin war Analphabet, er selbst konnte sicher die Fälschung nicht als solche erkennen. Die Urkunde als glatte Fälschung nachzuweisen, gelang aber bereits in der Renaissance. Zuvor hatte es schon verschiedentlich Zweifel an der Echtheit der Urkunde gegeben, aber 1440 wies der Gelehrte Lorenzo Valla mit sprachlichen Argumenten nach, dass der Text nicht in einem Latein des 4. Jahrhunderts geschrieben sein konnte. Das Latein war eindeutig ein späteres

Latein aus dem 8. Jahrhundert. Was Lorenzo Valla aber nicht bemerkte, waren bestimmte Begriffe in der Fälschung, wie die Nennung Konstantinopels – zum angeblichen Zeitpunkt der Fälschung war Konstantinopel noch gar nicht gegründet. Hinzu kommen Begriffe aus der Feudalzeit, die erst Jahrhunderte später politische Realität wurden. Der Versuch, die Urkunde zu einer Wahrheit zu erhöhen, ist auch an den detaillierten Anweisungen zu Statussymbolen zu erkennen. Aus heutiger Sicht mag es seltsam erscheinen, welch hoher Stellenwert Symbolen der Macht beigemessen wurde, rein äußerlich scheinenden Insignien. Heute gibt es eine fast völlige Abkehr davon, bis hin zur Ernennung von Ministern, wenn der Außenminister zwar im Cutaway, aber in abgetragenen Tennisschuhen zum Amtseid erscheint. Aber vor fast zweitausend Jahren waren Insignien und Rituale, Rangstufen und Unterwerfungssymboliken für die Manifestation von Macht unabdingbar.

Im Text der Urkunde wird entsprechend Wert darauf gelegt, dass selbst päpstliche »Kammerdiener, Torwachen und Leibwächter wie im kaiserlichen Haushalt üblich gekleidet und ausgestattet werden müssen.« Und weiter: »Wir [Konstantin] ordnen hiermit ebenso an, um die päpstliche Glorie voller scheinen zu lassen, dass der Klerus dieser selben heiligen römischen Kirche Satteltücher aus Leinen von der weißesten Farbe benutzen solle. Nämlich, dass ihre Pferde geschmückt werden müssen, und auch so geritten werden müssen. Und dass, wie sie unser Senat benutzt, sie Schuhe aus Geißenhaar gewebt tragen, und durch gleißend weißes Leinen erkennbar sein sollen, dergestalt, dass sie wie himmlische Wesen erscheinen. Die irdischen Wesen sollen hiermit geschmückt sein zur Ehre Gottes.«

Hinzu kommen für den Papst Sylvester Gold und Edelsteine, dazu die dreifache Krone, die Tiara, von gleißendem Glanz, und zuletzt zum Zeichen der Rangordnung: »Und indem wir [Konstantin] das Zaumzeug seines Pferdes halten, aus Verehrung für den Heiligen Petrus, haben wir die Pflicht sichtbar erfüllt, sein [Sylvesters] Stallknecht zu sein«.

POTEMKINS DÖRFER

Der Begriff *Potemkinsche Dörfer* ist so fest in unserem kollektiven geschichtlichen Vokabular verankert, dass hier nur kurz darauf eingegangen werden soll, was die neuere Forschung belegt: dass die historische Überlieferung wohl übertrieben ist und nur teilweise den Tatsachen entspricht. Hintergrund war die Wiedereroberung der Krim durch Russland im Jahr 1783, die zuvor Teil des Osmanischen Reiches geworden war. Sie geschah unter der langen Herrschaft der Zarin Katharina II., der Großen, die von 1762 bis 1796 regierte. Einer ihrer fähigsten Minister, Grigory Potemkin, der auch einer ihrer Liebhaber war, wurde zum Gouverneur der Region ernannt. 1787 unternahm die Zarin eine ausgedehnte Reise auf die Krim, die sechs Monate lang dauerte. Sie sollte eine Feier und Demonstration der Besitznahme der Krim und des Wiederanschlusses an das Mutterland Russland sein. Ein Teil der Reise fand auf Schiffen statt, die den Dnjepr hinunterfuhren. Es gab hochrangige ausländische Gäste: den österreichischen Kaiser, den König von Polen, Minister, Diplomaten. Zeitgenossen sprechen von einer Atmosphäre an Bord wie bei »Arabischen Nächten«. Um die Zarin und ihre illustren Gäste zu beeindrucken, ließ Potemkin an den Ufern des Dnjepr blühende Dörfer errichten. Sie waren aber weitgehend nichts anderes als Theaterkulissen aus Pappmaché, die rasch aufgebaut wurden. Freudenfeuer brannten, und die Dörfer waren von Bewohnern bevölkert, die aus Potemkins Gefolge stammten und nur als Bauern verkleidet waren. Angeblich ließ Potemkin die Kulissen rasch wieder abbauen und weiter transportieren, immer dem Prunkschiff voraus, bis sie erneut in anderen Formationen wieder aufgebaut wurden. Die Zarin reiste durch eine blühende Provinz, die von Potemkin hervorragend verwaltet war. Ihr gegenüber, so lassen neue Erkenntnisse vermuten, machte er kein Geheimnis aus seiner Simulation. Die Legende aber war so schön, dass sie haften blieb.

Es handelt sich bei den Potemkinschen Dörfern nicht nur um einen Begriff aus dem Repertoire der Fake News, sondern es hat Nachfahren dieses Urmodells gegeben. In der demilitarisierten Zone zu Südkorea hin unterhält etwa Nordkorea, um seinen Geländeanspruch zu festigen, ein Kunstgebilde, das den Namen *Friedensdorf* trägt. Es ist angeblich von fast fünfhundert Personen bewohnt, zweihundert Familien mit Kindern, für die es Spielplätze gibt. Aber das Dorf ist vollkommen leer. Der Fahnenmast ist mit hundertsechzig Metern einer der höchsten der Welt, und eine gigantische nordkoreanische Flagge weht an seiner Spitze. Die Häuser sind unbewohnt und ein guter Teil der Fenster ist nur auf die Mauern aufgemalt. Doch wöchentlich kommt demonstrativ die Müllabfuhr, und die Straßen werden von Reinigungsbrigaden gefegt. In der Zeit nach dem Bau des Friedensdorfs wurde Südkorea über zwei Kilometer Entfernung hinweg mit Lobeshymnen über das paradiesische

Land im Norden aus gigantischen Lautsprechern beschallt. Grenzsoldaten und die Bevölkerung des Südens wurden aufgefordert, zu desertieren. Aber als auch nach langen Lockrufen niemand nach Norden floh, verstummten die Lautsprecher.

Das Kino hat sich dieser Form von imaginärer Realität angenommen. Hier sei auf den Film *Die Truman Show* hingewiesen, in dem die Hauptfigur in einer Umgebung lebt, von der sie nicht weiß, dass es nur Studiokulissen sind, belebt von bezahlten Statisten. Sie weiß nicht, dass sie nur als Darsteller einer gigantischen Reality Show missbraucht wird.

1998 richtete der gewaltige Energiekonzern Enron, kurz vor seinem Zusammenbruch stehend, in seinem Hauptquartier ein gesamtes Stockwerk ein, das als »trading floor« ausgebaut war. Es handelte sich dabei nur um eine Kulisse, wie in einem Hollywood-Studio. Die Installation diente dem einzigen Zweck, bei der anberaumten Zusammenkunft der Anteilseigner den Eindruck zu erwecken, dem Konzern gehe es großartig. Das gesamte Stockwerk war leer geräumt und dann mit Batterien von Telefonen, Computern und Bildschirmen ausgestattet worden. Es sollte der Eindruck eines hyperaktiven »war rooms« erzeugt werden. Die Kosten für die Einrichtung dieses angeblichen Herzens aller Operationen verschlangen eine halbe Million Dollar. Angestellte wurden in Proben geschult, so zu tun, als tätigten sie wirkliche Abschlüsse. Die beiden Vorstandschefs Kenneth Lang und Jeffrey Skilling führten am Tag vor der Scharade eine Generalprobe durch. Selbst Wall-Street-Analysten waren beeindruckt.

Ich selbst habe eine mildere Abart eines Potemkinschen Dorfes bei meinem Spielfilm *Schrei aus Stein* (1991) kennengelernt. Der Film wurde im argentinischen Patagonien gedreht, am Cerro Torre, einer zwei Kilometer hohen »Nadel« aus Granit, auf der sich eine Haube von Zehntausenden von Tonnen an Eis und festgepresstem Schnee gebildet hat. Der Cerro Torre gilt als Heiliger Gral der Bergsteiger, als schwierigster Gipfel von allen, und er wurde nachweisbar erst 1974 zum ersten Mal bestiegen. Etwa zwei Stunden zu Fuß von ihm entfernt befindet sich die letzte Siedlung Argentiniens, El Chaltén. Von hier aus erreicht man den Fitz Roy und etwas dahinter, entlang eines Gletschers, den Cerro Torre. Mitte der 1990er Jahre hatte es zwischen Chile und Argentinien einen Konflikt um die Grenzziehung zwischen beiden Ländern gegeben, und Chile beanspruchte El Chaltén. Zur Zeit unserer Dreharbeiten gab es El Chaltén in Reaktion darauf nur als eine Scharade. Argentinien nämlich hatte sich beeilt, ein paar Häuser hinzustellen und mit Leben zu füllen. Es gab eine Polizeistation mit einem Beamten, einen Bürgermeister, einen Kaufladen, eine Filiale der Post. Ich glaube, dass kurz vor meiner Zeit dort sogar eine schwangere Frau nach El Chaltén geschafft wurde, um eine Kindsgeburt im Ort zu haben. Alle Einwohner wurden bezahlt, sie erhielten eine Grundrente, um dort zu leben. Die Bevölkerung betrug etwa dreißig Einwohner. Walter Saxer, der Produzent und Drehbuchautor, mit dem ich schon zuvor viele Filme gemacht hatte, war die treibende Kraft des Filmprojekts. Weil wir ein ganzes Team von Bergsteigern, Schauspielern und technischer Mannschaft benötigten, mehr als dreißig Personen, war absehbar, dass es nicht für alle Unterkünfte geben würde. Kurz entschlossen ließ Saxer acht oder neun kleine Bungalows aus Holz für die Schauspieler bauen. Sie hatten alle fließendes Wasser, eine Küche, ein Bad und einen Wohn- und Schlafraum. Saxer wurde so zum Gründer des »wirklichen« El Chaltén. Ich erinnere mich, dass eines der Häuser in Brand geriet, es qualmte heftig, und durch die Fenster war das Flackern des Feuers zu sehen. Ich eilte hin, weil ich die Schreckensvision hatte, einer unserer Schauspieler, ein Kanadier, sei noch im Inneren. Ich riss die Türe auf, und eine Waberlohe schoss mir aus dem Inneren entgegen. Der Brand hatte auf einmal genügend Sauerstoff. Das Haus brannte in Minuten vollkommen nieder. Der Schauspieler fand sich zu aller Erleichterung ein, dem Spektakel zuzusehen. Saxers Gebäude aber markierten den Beginn des heutigen, des wahren El Chaltén. Heute ist die gesamte Ebene von Hotels, Restaurants, Sportgeschäften, Lodges und Anbietern von Trekkingtouren restlos vollgebaut. Zur Zeit der Sommersaison leben dort fest mindestens fünfhundert Personen. Vermutlich sind es inzwischen schon tausend. El Chaltén gilt als einer der am schönsten gelegenen Orte der Welt. Was die Lage betrifft, stimme ich dem voll zu. Bei den rasant gewachsenen Gebäuden und Hotels halte ich mich, weil ich Argentinien liebe, mit einem Urteil besser zurück.

BOKASSAS TÖCHTER

Jean-Bédel Bokassa übernahm 1966 mit einem Militärputsch die Regierung der Zentralafrikanischen Republik. Ich kenne seine Geschichte genauer, weil ich 1990 einen Film über ihn drehte, *Echos aus einem düsteren Reich*. Ich war schon vorher, Ende der 1960er Jahre, bei Dreharbeiten für *Fata Morgana* in der Zentralafrikanischen Republik gewesen, erkrankte damals aber gleichzeitig an Malaria und Bilharzie, einem Blutparasiten, und musste meine Arbeit abbrechen. Bokassa hatte in der französischen Armee gedient und sich bei dem Debakel von Dien Bien Phu durch Tapferkeit ausgezeichnet. Er war der am höchsten dekorierte afrikanische Soldat Frankreichs. Mit seinem Putsch begann eine Schreckensherrschaft, die zum Teil bizarre Züge annahm. Bokassa erklärte sich für unverwundbar, warf verurteilte Gegner in den Krokodilteich seines privaten Zoos, tötete andere eigenhändig mit seinem goldenen Zepter und zwang Schulkinder, eine Uniform mit seinem Konterfei zu tragen. Viele arme Kinder konnten sich das nicht leisten und wurden dafür ins Gefängnis geworfen. 1977 ließ sich Bokassa zum Kaiser krönen, in einer napoleonisch anmutenden Zeremonie mit vergoldeten Kutschen und Lakaien in Kostümen. Dazu spielte ein Militärorchester aus Nordkorea, das Wiener Walzer intonierte. Bokassa selbst trug eine Tunika, die mit elftausend Diamanten besetzt war. Die Krönungszeremonie verschlang vierzig Prozent des Staatshaushalts des Jahres, andere Berechnungen sprechen von sechzig Prozent.

Frankreich unterstützte Bokassa, bis er schließlich 1976 mit einigen betrunkenen Soldaten ins Gefängnis eindrang, wobei Dutzende von dort noch inhaftierten Schulkindern erschlagen wurden. Bokassa war an den Morden offensichtlich direkt beteiligt. Frankreich schickte schließlich Fallschirmjäger, die ihn ins Exil vertrieben. Sie waren es, die in seinem Palast in der Kühlkammer seiner Küche die Hälfte seines Innenministers fanden, tiefgefroren. Bokassa hatte ihn zum Staatsfeind erklärt und hinrichten lassen. Bei einem Bankett ließ er ihn auftischen, aber weil die Anzahl der Gäste nicht sehr hoch war, entschloss sich sein Leibkoch, nur die Hälfte des Toten zuzubereiten. Die andere Hälfte hob er für eine spätere Gelegenheit auf. Ich kenne den Koch, und ich war in der Kühlkammer der Palastküche. Der Koch sagte auch detailliert bei dem späteren Prozess gegen Bokassa vor Gericht aus, bei dem Bokassa zum Tod verurteilt wurde. Die Videoaufzeichnungen seiner Aussagen vor Gericht sind noch verfügbar. Bokassas französischer Star-Anwalt macht sich in dem Verfahren über den Koch lustig, der ausgesagt hatte, dass, als er die Hand abschnitt, noch ein Nervenreflex erkennbar gewesen sei. Der Anwalt greift das auf und macht mit allem Aufwand der Comédie-Française eine Demonstration für die Richter, die Hand sei wie eine Spinne am Boden davongelaufen.

Bokassa hatte mindestens vierundfünfzig Kinder mit einer großen Anzahl an Frauen, unter denen sich vierzehn Ehefrauen befanden. Während seiner Zeit als Soldat in Indochina hatte er mit einer Vietnamesin eine Tochter gezeugt, Martine. Nach seiner Kaiserkrönung erinnerte er sich an sie und ließ sie über öffentliche Aufrufe in Vietnam suchen. Die Tochter, inzwischen erwachsen, fand sich, und eine Regierungsmaschine holte sie nach Bangui, der Hauptstadt der Zentralafrikanischen Republik. Martine wurde mit großen Ehren von Bokassa aufgenommen und entwickelte sich rasch zu seinem Lieblingskind. Nicht lange später aber meldete sich eine weitere Martine in Vietnam, sie sei die wahre Tochter des Kaisers, die erste Martine sei eine falsche Martine, eine Betrügerin. Zum Beweis brachte sie einen Ring mit, den der Soldat Bokassa seiner damaligen Geliebten geschenkt hatte. Die Mutter gab ihrer Tochter auch Details über Bokassa mit auf den Weg, etwa, dass er einen Finger gebrochen hatte, der nie wieder gerade zusammengewachsen war. Das entsprach den Tatsachen, Bokassa aber nahm einfach beide Martines an, die falsche Martine und die wahre Martine. Er verheiratete beide am selben Tag in einer prunkvollen Zeremonie, wobei beide Martines identische Hochzeitskleider trugen. Der eine Ehemann war Arzt, der andere einer von Bokassas hohen Offizieren. Dann aber ließ er beide Männer gefangen nehmen und hinrichten. Was genau dazu führte, liegt im Dunkeln. Angeblich hatte der eine Ehemann, der Arzt, den Auftrag, das neugeborene Kind der anderen Martine zu töten. Ob es sich um das Kind der wahren oder der falschen Martine handelte, ist mir nicht bekannt. Bokassa aber verfrachtete die falsche Martine in ein Transportflugzeug seiner Luftwaffe und ließ sie angeblich nach Vietnam zurückfliegen. Doch das Flugzeug landete schon nach einer halben Stunde wieder, ohne sie. Ähnlich war es zuvor Bettlern und Obdachlosen Banguis ergangen. Bokassas Medien berichteten mit großem Pomp von einer neuen Stadt, die er im Norden des Landes angeblich für sie hatte errichten lassen, Bokassaville genannt. Die Bettler wurden ausgeflogen, aber auch hier landete das Transportflugzeug viel zu rasch wieder. Seine Fracht war über dem Urwald aus der Maschine entsorgt worden. Was mit der wahren Martine geschah, ist ebenfalls unbekannt.

VII.
ENTFÜHRUNG DURCH ALIENS

Das Feld kollektiver Paranoia ist weit gesteckt, nur haben sich die Inhalte des kollektiven Irrsinns gewandelt. Der Hexenwahn gehört in frühere Jahrhunderte, die Erscheinung der Jungfrau Maria hat an Aktualität verloren, aber mir ist vor einem Jahr in Peru in einem wohlhabenden Haushalt widerfahren, dass das Dach der Veranda leckte. Das sei schon mehrmals in letzter Zeit geschehen, sagte man mir. Man habe aufgegeben, den Installateur zu holen. Morgen werde ein Exorzist der Sache ein Ende bereiten.

Die Erscheinungsformen von Verschwörungstheorien und Paranoia sind vielfältig, und ich nenne nur einige, ohne näher auf sie einzugehen: Die Flache-Erde-Theorie, der Yeti im Himalaya, das Monster von Loch Ness, die Auffindung von Resten eines militärischen Wetterballons in der Nähe von Roswell in New Mexico im Jahr 1947, eine der Ur-Episoden mit Aliens auf dieser Erde. Die geheime Area 51, in der die US-Regierung Aliens versteckt hält. Die Brontosaurier, die man in den Urwäldern des Kongo entdeckt hat, oder zumindest frische Spuren von ihnen. Die Mondlandung, die es nicht gab und die in Hollywood-Studios simuliert wurde. Die Kornkreise, die in den 70er und 80er Jahren des vorigen Jahrhunderts ihre größte Konjunktur hatten. Sie tauchten zunächst in England auf, und die Medien, in Reaktion auf das außergewöhnliche Interesse an ihnen, berichteten ausführlich darüber. Später traten zwei Engländer an die Öffentlichkeit. Sie hatten die Kornkreise in einer Laune erfunden und demonstrierten die Herstellung auch geometrisch komplizierterer Formationen. Dazu war die Presse eingeladen, aber wie zu erwarten, wurde dieser Entkräftung des Wunderglaubens nur äußerst geringer Raum gelassen.

Gibt es in der Natur der Menschen so etwas wie die Bereitschaft zur Akzeptanz von Lügen? Die Kenntnis unseres Todes hat, um die Angst vor dem Unbekannten danach abzubauen, uns eine Tröstung schaffen lassen. Wir trösten uns mit der Aussicht auf ein ewiges Leben in einem Paradies. Die Bereitschaft zum Selbstbetrug ist ein notwendiger Bestandteil unserer Existenz. Das unendliche Dunkel der Zeit, wo wir noch nicht geboren waren, scheint uns eher zu entgehen, aber das Dunkel der Unendlichkeit nach uns lässt uns schaudern. Dass Religionen ethische Kategorien geschaffen und die Zerbrechlichkeit menschlicher Existenz stabilisiert haben, sei hier nicht übersehen.

Hier müsste man sich unter anderem genauer mit Heiratsschwindlern unterhalten. Oder mit Finanzbetrügern, die irrsinnig hohe Gewinne versprechen und Legionen von Gutgläubigen ins Unglück stürzen. Das Showbusiness lebt ausschließlich von dieser Bereitschaft, sich etwas vorgaukeln zu lassen. Wir zahlen Eintritt für eine magische Vorstellung, bei der wir wissen und auch wollen, dass wir irregeführt werden. Wrestling-Kämpfe sind ebenfalls ein schönes Beispiel. Sie ziehen hohe Zuschauerzahlen an, obwohl alle Anwesenden wissen, dass es sich nicht um wirkliche Kämpfe handelt, sondern um ein genau einstudiertes choreographiertes Spektakel. Dessen ungeachtet nimmt das Publikum die Inszenierung mit vehementer emotionaler Anteilnahme hin, als sei alles wahr.

Entführungen durch Aliens gibt es schon lange. Für die Fälle, die schon Ende des 19. Jahrhunderts bekannt wurden, spricht man von Paleo-Entführungen, damals noch ohne weiteren Einfluss auf populäre Narrative. Die erste Entführung, die wirklich Aufsehen erregte, war die von Betty und Barney Hill am 19. September 1961 im ländlichen New Hampshire. Eine Gedenktafel ist dort neben dem Highway aufgestellt, wo die Entführung stattfand, wie bei historischen Landmarken am Wegesrand. Die Berichte des Ehepaares enthielten bereits Elemente, die später immer wieder auftauchten, Lücken in der Zeit, Löschung von Teilen des Gedächtnisses und die Wiederaussetzung an einem anderen Ort. Natürlich sind alle bisherigen Begegnungen mit Aliens anekdotisch, jeder kann so etwas behaupten. Aber ich will hier dennoch behutsam sein: die Tatsache, dass jemand eine Entführung behauptet, macht die Behauptung nicht wahr, aber heißt auch nicht unbedingt, dass die Entführten lügen. Dies gehört in den Bereich von Wahnvorstellungen, der Pathologie, der Psychologie, die wiederum mir ein Gräuel ist. Die psychologische Interpretation von allem und jedem beleuchtet dunkle Nischen in unserem Inneren, die man eigentlich nicht ausleuchten sollte. Es gibt sicherlich in seltenen Fällen therapeutische Notfälle, grundsätzlich angewandt aber verhält sie sich wie bei einem Haus, das man bis in die letzten Winkel ausleuchtet. Das Haus wird dadurch unbewohnbar. Und ähnlich geht es mit Menschen, sie werden »unbewohnbar«.

Das Argument ist eher unwichtig, dass bis heute trotz Aber-
tausender von Entführungen niemand jemals wissenschaftlich
verwertbares Beweismaterial vorlegen konnte, wie etwa Ab-
schabungen aus dem Inneren des Raumschiffs. Es wurden nie
chemische Elemente nachgewiesen, die es auf unserer Erde
nicht gibt, wie etwa die schwersten, die sofort zerfallen, die es
aber, einem anderen populären Glauben entsprechend im
Weltall in einer »Insel der Stabilität« gibt. Es gibt keine Fotos,
außer ganz verschwommene von Lichtern. Eine angebliche
Obduktion eines Alien zeigt lediglich Ärzte in Schutzanzügen
der 1950er Jahre, bei denen man nur einen kleinen rechteckigen
Ausschnitt in den Helmen für die Augen hat. Die Ärzte sind
nicht erkennbar. Der Film selbst ist immer wieder unscharf
und als Beweismittel völlig untauglich. Er soll in die Zeit noch
vor dem gestrandeten Raumschiff bei Roswell zurückführen.
Um seine Authentizität zu beweisen, wurde der Filmschnipsel
vom Beginn der Filmrolle an Kodak geschickt, wo man anhand
von Fußnummern, Randnummern am Film selbst, das Material auf 1947 datierte. Aber den Film selbst hatte man nicht an die
Firma geschickt, er war aus »Sicherheitsgründen« nicht mit-
geliefert worden. Im Laufe der Jahrzehnte hat sich auch eine
Art Ikonographie entwickelt, wie Aliens aussehen. Es sind inzwischen, anders als in früheren Darstellungen, fast ausschließlich Wesen mit großen Augen. Dies hat sich auf Anzüge zum
Schutz vor Aliens niedergeschlagen, wo sie auf die Brust aufge-
druckt sind, um sie von unserer Friedfertigkeit zu überzeugen.
Man kann diese Schutzanzüge etwa bei Walmart kaufen. Das
Warenzeichen ist fest etabliert, ähnlich, wie sich die Welt auf
das Aussehen von Jesus geeinigt hat. Dessen weltweit kitschige
Darstellung geht auf die Schule der Nazarener des ausgehen-

den 19. Jahrhunderts zurück und hat sich seither hartnäckig gehalten.

Zur Frage der Bereitschaft zum Selbstbetrug noch eine Anmerkung aus meiner eigenen Erfahrung. Ich war mit Harmony Korine bei seinem Film *Mr. Lonely* als Darsteller eines fanatischen Missionspriesters zu den Dreharbeiten auf einer tropischen Insel vor der Ostküste Panamas. Der Priester ist auch Pilot und wirft mit Hilfe von katholischen Ordensschwestern Hilfsgüter über hungernden Indianerdörfern ab. Dabei fällt eine der Schwestern aus dem Flugzeug, aber ihre inbrünstigen Gebete lassen sie ganz sanft landen. Andere testen ihren Glauben daraufhin, und auch sie werden gerettet. Eine von ihnen verlässt das Flugzeug auf ihrem Fahrrad und strampelt ihre Pedale ganz gelassen in der Luft, und auch sie fährt bei ihrer Landung weiter, als habe sie gerade einmal ein Schlagloch in der Landstraße durchquert. An einem der Drehtage war ich mit der Arbeit für eine Szene auf dem Flugfeld fertig, aber Harmony und das Kamerateam machten noch einige Aufnahmen von dem Flugzeug.

Ich ging, noch in meinem Kostüm, meiner Soutane, zu dem hohen Maschendrahtzaun, der das Flugfeld vom Flughafengebäude trennte. Das Gebäude selbst war nur eine Art Wellblechbaracke. Mir war schon zu Beginn des Drehtags ein noch relativ junger, schwarzer Mann aufgefallen, der dort mit einem kleinen Strauß von verwelkenden Blumen wartete. Ich suchte das Gespräch mit ihm. Es stellte sich heraus, dass er hier war, auf die Rückkehr seiner Frau und seiner kleinen Kinder hoffend – und das schon seit etwa zwei Jahren. Seine Frau war ihm davongelaufen. Ob er, um sein Glück zu wenden, bei mir die Beichte ablegen könne? Ich machte ihm klar, dass ich nur kostümiert war, und nur in einem Film einen Priester spielte. Ja, er hatte das Filmteam schon mehrmals beobachtet. Ob er denn vor der Kamera seine Beichte ablegen könne? Harmony war auf dem Flugfeld fertig und die Kamera wurde gerade weggepackt. Ich rief Harmony und die Kamera zu mir und schlug vor, die Szene einer Beichte zu drehen, bei der weder er, noch ich vorhersagen konnten, was dabei herauskommen würde. Ich nahm dem Mann die Beichte ab, aber er druckste meist nur herum und wollte offensichtlich einige wichtige Details verschweigen. Ich sagte, mein Sohn, deine Frau hat dich verlassen, weil du unkeusch warst. Du hattest eine heimliche Geliebte. Nein, nein, so sei es nicht gewesen, beteuerte er. Einer Eingebung folgend sagte ich, du hast Unzucht getrieben, nicht mit einer Frau, sondern mit fünf anderen zur gleichen Zeit. Da blühte er geradezu auf, und stolzgeschwellt gab er zu, ja, es waren mindestens fünf. Ich erteilte ihm die Absolution auf Lateinisch. Ich kannte die Formel noch aus meinen vergangenen, frühen katholischen Tagen. Er war ganz beglückt und weigerte sich, als Statist bezahlt zu werden. Seine Beichte vor dem Darsteller eines Priesters, auf Film aufgezeichnet sei ja so viel besser, viel erleichternder. Seine Frau und seine Kinder würden gewiss in den nächsten Tagen landen.

Im Jahr 2006 suchte der Sektenführer Raël den Kontakt mit mir. Er hatte den Wunsch, ich solle einen Film über ihn drehen. Im Oktober dieses Jahres traf ich ihn und eine Schar seiner Anhänger in einem Hotel in Wigan, in der Nähe von Manchester. Raël war sofort an seinem Haarknoten oben zentral auf dem

Kopf erkennbar. Mit diesem hielt er offensichtlich Kontakt zu Außerirdischen. Er war 1946 als Claude Vorilhon als uneheliches Kind seiner fünfzehnjährigen Mutter geboren worden und hatte einige Zeit in einem Waisenhaus verbracht. Gerade erwachsen, hatte er ohne Erfolg eine Karriere als Schlagersänger und darauf als Rennwagenfahrer probiert. Anfang der 1970er Jahre hatte er dann seinen Angaben zufolge eine Begegnung mit Außerirdischen auf dem erloschenen Vulkan Puy Lassolas in der Nähe von Clermont-Ferrand, was zum Gründungstext, dem Evangelium seiner »Kirche« führte. 1974 publizierte er ein Buch, und hier ist der Titel bezeichnend: »Le Livre Qui Dit La Verité«, »Das Buch, das die Wahrheit sagt.« Die Wahrheit – nach ihm – war seine Begegnung mit einem UFO. Die Besatzung des Raumschiffs, Elohim, nahmen ihn auf ihren Planeten innerhalb unserer Galaxie, der Milchstraße, mit und unterwiesen ihn, dass die menschliche Rasse von ihnen, den Elohim, mit ihrer hochentwickelten Technologie erzeugt worden war. Erst, wenn es den menschlichen Wesen nach der Atombombe auf Hiroshima gelingen würde, ihre Technologien für friedliche Zwecke einzusetzen, würden sie, die Elohim, auf unseren Planeten zurückkehren, um ein Utopia zu errichten. Im Laufe der Geschichte hätten die Elohim insgesamt vierzig Hybride erschaffen, eine Kreuzung aus Elohim und Menschen, die wie Buddha, Jesus oder Mohammed als Propheten auftraten. Der letzte, der vierzigste, ist Raël. Seine Aufgabe ist es, eine Landungsplattform für die Rückkehr der Elohim zu bauen und eine Botschaft für sie zu eröffnen.

Durch Meditation und menschliches Klonen würden die Mitglieder der Kirche Raëls Unsterblichkeit erlangen. Kurz vor meiner Begegnung mit Raël hatte er international in den Medien mit der Nachricht Aufsehen erregt, Raëlianern sei, nach Dolly, dem Schaf, der erste Klon eines Menschen geglückt. Das Kind, das geboren worden sei, trage den Namen Eva. Man kann davon ausgehen, dass es sich mit an Sicherheit grenzender Wahrscheinlichkeit um einen Schwindel handelte. Raël selbst, so erläuterte er, war von den Elohim dazu eingeladen worden, das Klonen menschlicher Wesen zu beobachten. Raël stieß mit seinem Symbol für seinen Kult, ausgerechnet einer Verbindung vom Stern Davids und einem Hakenkreuz, auf heftigen Widerstand, wie auch durch die Ableitung seines Namens Raël von IsRaël, den er vorschlug, so zu übersetzen: »Der Bote derer, die vom Himmel kommen.« Ein Teil seiner Lehre beinhaltet die Besiedlung ferner Planeten durch die Menschen, dieser Gedanke scheint zum Gemeingut technologischer Utopien geworden zu sein. In dem Konferenzzentrum in Wigan fielen mir auch einige schöne junge Frauen auf, die nicht an den Seminaren teilnahmen, die einfach nur da waren. Sie gehörten offensichtlich zum »Orden der Engel Raëls«, möglicherweise auch zu deren Elitegruppe, dem »Orden des Goldenen Bandes«, die bei der Rückkehr der Elohim auf unsere Erde als deren Sexsklavinnen zu fungieren hätten. Ihnen war sexueller Kontakt mit Menschenwesen streng verboten, nur Raël selbst hatte die Aufgabe, sie in Liebestechniken zu unterweisen, wie er sie als Instruktionen von den Außerirdischen erhalten hatte.

Aus dem Film wurde nichts.

VIII.
EKSTATISCHE WAHRHEIT

In meinem Arbeitsleben hat sich immer eine zentrale Frage gestellt, die der Wahrheit. Ich habe mich stets vehement gegen den Irrglauben gestellt, dass Fakten mit Wahrheit identisch sind. Aus diesem Grund habe ich mich mit Inbrunst mit den Vertretern des sogenannten Cinema Vérité gestritten, die den Begriff Wahrheit, »Vérité«, mit dem Hinweis auf Fakten zu okkupieren versuchen. Bei dieser Schule des Dokumentarfilms handelt es sich um eine antiquierte Form des Kinos, eine ohne jede tiefere Illumination. Ich habe Cinema Vérité als die Wahrheit der Buchhalter bezeichnet. Letztlich war diese Schule die Antwort auf die chaotische Realität der 1960er Jahre, vor allem auf den Vietnamkrieg, aber dieses Denken und diese Art von Filmen ist zählebig.

Im Unterschied zu den Postulaten des Cinema Vérité habe ich immer darauf bestanden, dass nur durch Stilisierung, Erfindung, Poesie und Phantasie eine tiefere Schicht von Wahrheit erkundet werden kann, eine, die uns jenseits des Vermittelns reiner Information ein fernes Echo von etwas ermöglicht, das uns innerlich erleuchten kann. Dazu habe ich den Begriff »ekstatische Wahrheit« geprägt. Es ist dies, wie das griechische Wort bedeutet, eine Ek-Stasis, ein Aus-Sich-Heraustreten – eine Erfahrung, die man bei spätmittelalterlichen Mystikern beobachten kann. Aber nicht nur sie haben an einer Erfahrung jenseits des Faktischen teilgenommen, wir begegnen dieser Suche immer wieder in der Literatur und der bildenden Kunst. Meine drei Kronzeugen sind der Schriftsteller André Gide, der gesagt hat: »Ich verändere Fakten in solcher Weise, dass sie der Wahrheit mehr ähneln als der Realität«. Und dazu gleich Shakespeare, der schreibt: »The most truthful poetry is the most feigning«, »Die wahrhaftigste Dichtung ist die, die am meisten vortäuscht«. Der am einfachsten verstehbare Zeuge aber, den ich aufrufen kann, ist Michelangelo mit seiner Skulptur der Pietà von 1499 in der Sankt-Peters-Basilika in Rom. Diese Pietà ist wohl die schönste, die es in der Geschichte der Kunst gibt. Michelangelo hat aber intensiv in die Fakten eingegriffen. Er wollte ein Bildwerk des Herzens herstellen, gewiss kein rein realistisches. Ich fühle mich dabei an Caspar David Friedrich erinnert, der bei seinem »Wanderer über dem Nebelmeer« und seinem »Mönch am Meer« keine realistischen Landschaften malen wollte, sondern Landschaften der Seele. Michelangelos Körper von Jesus stimmt in seinen Proportionen nicht, aber das hat eher mit dem Ausgleich von Perspektiven des Betrachters zu tun. Was seine Skulptur so radikal macht, ist die Tatsache, dass er Jesus als einen dreiunddreißigjährigen Mann darstellt, seine Mutter aber, die Jungfrau Maria, ist fünfzehn, wenn man in ihr Gesicht sieht. Ich stelle die Frage: Wollte Michelangelo uns betrügen, wollte er uns Fake News vorsetzen, wollte er uns anlügen? Natürlich nicht. Was Michelangelo dagegen tat, ist uns die Essenz der beiden Personen zu zeigen, den Schmerzensmann, gerade vom Kreuz abgenommen, und seine Mutter, die Jungfrau. Es gibt hierfür eine lange, spirituelle Tradition. Schon Bernhard von Clairvaux, der von 1090 bis 1153 lebte und zum zweiten Kreuzzug aufrief, aber eher ein früher

Mystiker war, spricht von Maria in einem Gebet: »Jungfräuliche Mutter – Tochter deines Sohnes«.

Zur Veranschaulichung des Suchens nach der ekstatischen Wahrheit möchte ich einige Beispiele aus meinen Filmen nennen.

Bei *Little Dieter Needs to Fly*, in einer kürzeren Version auf Deutsch *Flucht aus Laos* (1997) betitelt, führt uns Dieter Dengler, die Hauptfigur, selbst durch die Schauplätze seines Lebens und seiner unglaublich anmutenden Flucht aus Laos während des Vietnamkrieges. Er, der einzige amerikanische Gefangene der Pathet Lao und des Vietcong, dem die Flucht gelang, stammte aus einem kleinen Dorf im Schwarzwald und wuchs nach dem Krieg in unbeschreiblicher Armut auf. Seine Mutter nahm ihn auf ihrer Suche nach etwas Essbarem in ausgebombte Häuser mit, wo sie mit ihm die Tapeten von den Wänden riss. Die Tapeten kochte sie dann, weil der daran haftende Leim Nährstoffe enthielt. Der kleine Dieter hatte sein Erweckungserlebnis, als er von einem Speicherfenster aus einen alliierten Sturzkampfbomber sah, der direkt auf ihn zugerast kam. Das Cockpit war offen und der Pilot hatte seine Schutzbrille auf seinen Helm hochgesteckt, und für einen Bruchteil einer Sekunde sah Dieter in die Augen des Piloten, der an ihm vorbeischoss. Das machte ihm nicht Angst. Vielmehr hatte er in die Augen eines schier allmächtigen Wesens gesehen. Das wollte er auch sein, er wollte fliegen, er wollte Pilot werden. Das konnte er nur werden, indem er ganz jung noch in die USA auswanderte. Er wurde bei der Navy Pilot, und obwohl er gerade einen Krieg gesehen hatte, und alles andere wollte, als wieder in einen zu geraten, wurde er eingezogen und nach Vietnam verfrachtet. Innerhalb von nur vierzig Minuten bei seinem ersten Einsatz wurde er über dem Grenzgebiet von Laos abgeschossen. Seine Erlebnisse in der Gefangenschaft und seine Flucht durch den Urwald sind unvorstellbar.

Mein Film beginnt mit Dieter Dengler in Marin County nördlich von San Francisco, wo er nach seiner Rettung hingezogen war. Sein Auto hält an, er steigt aus und er schlägt die Türe zu. Dann aber schlägt er sie nochmals zu. Er geht um seinen Wagen und öffnet und schließt auch die Beifahrertüre. Danach öffnet er seine Haustüre und öffnet und schließt sie mehrmals hintereinander. Das möge merkwürdig erscheinen, sagt er zur Kamera, aber in der Gefangenschaft im Urwald, mit Handschellen gefesselt und die Füße in mittelalterlichen Holzblöcken festgeschraubt, habe er immer und immer wieder über Freiheit nachgedacht. Für ihn sei die Möglichkeit, eine Türe selbst zu öffnen und zu schließen, der tiefste Innbegriff von Freiheit. Diese Szene, gleich zur Einleitung des Films, ist mit seiner Zustimmung von mir erfunden. Hintergrund dazu war mein erstes Treffen mit ihm, wo mir im Vorraum seines Hauses etwa ein Dutzend von kleinformatigen Ölgemälden auffiel. Ich fragte Dengler, warum all diese Bilder immer halb geöffnete Türen zeigten. Er war darüber überrascht, das hatte er bisher gar nicht richtig wahrgenommen. Warum er sich diese Bilder dann angeschafft habe? Seine Erklärung dafür war, dass in der Nähe ein Maler lebte, und der habe ihm die Bilder verkauft, ein wahres Schnäppchen, nur zehn Dollar pro Stück, allerdings habe er alle auf einmal nehmen müssen, aber dafür wiederum habe er einen zusätzlichen Rabatt bekommen. Dann aber kam er darauf, über

Gefangenschaft und Freiheit zu sprechen und wie ungeheuerlich es sei, was uns allen gar nicht auffalle, eine Türe selbst öffnen zu können. Ich entschloss mich, das mit ihm zu drehen, aber in eine Inszenierung eingebettet. Was zugleich wichtig für den Beginn des Films ist: Wie führt man eine zentrale Figur ein, und das Publikum ist sofort in der Lage, mit ihr zu sein, auf ihrer Seite. Das gelingt vielen Filmen auch nach einer Stunde Laufzeit nicht.

Zwei weitere Eingriffe meinerseits in das rein Faktische in dem Film seien erwähnt. Mein bereits erwähnter Mitarbeiter Herb Golder fand sehr eindrucksvolles Archivmaterial vom zerbombten Deutschland, das im Film verwendet wird. Er brachte aber aus dem National Archive in Washington auch eine Sequenz mit, die ihm bei der Durchsicht von Material aus dem unmittelbaren Nachkriegsdeutschland aufgefallen war. Er meinte, ich könne es wohl nicht verwenden, aber er müsse es mir unbedingt vorführen. Die Aufnahme zeigt einen Metzgerladen, der gerade wieder geöffnet hatte, wohl 1946, und in der Auslage des Schaufensters liegt eine einzige Wurst, die erste Wurst, die die hungernden Menschen seit Langem zu Gesicht bekommen. Die Kamera ist im Inneren des Ladens aufgebaut, und draußen gehen abgemagerte, desillusionierte Menschen vorbei, und es ist kein einziger darunter, der nicht anhält und auf die Wurst starrt. Keiner kann es sich leisten, sie zu kaufen, alle gehen hungrig weiter. So etwas hatte ich überhaupt noch nie gesehen. Ich zeigte Dengler die Aufnahmen, und er war von meiner Absicht angetan, ihm das Erlebnis des Metzgerladens in meinem Kommentar zuzuschreiben. Es heißt jetzt im Film: »Dieter erinnert sich daran, zum ersten Mal eine Wurst in einem Metzgerladen zu sehen …« Dadurch wird die Aufnahme auf einmal zu einem Ereignis in der Seele des kleinen Dieter, zu viel mehr als nur zu einer zusätzlichen Information.

Am Ende des Films wiederum sehen wir Dieter Dengler zwischen Zehntausenden von geparkten und eingemotteten Flugzeugen, alle aus Militärbeständen. Es handelt sich um die Davis-Monthan-Air-Force-Base in Tucson/Arizona. Dengler erzählt im Film davon, dass er nach seiner Rettung auf seinen Flugzeugträger zurückgebracht immer noch schreckliche Albträume erlebt habe, und dass er sich oft auf das Flugdeck seines Schiffs geschlichen habe, um sich mit ein paar Kissen in ein Cockpit zu betten. Nur an diesem Ort habe er sich sicher gefühlt. Er erzählte mir auch vom größten aller Paradiese für Piloten, eben jener Davis-Monthan-Base in Tucson, dort seien Flugzeuge in unabsehbaren Mengen, es sei, als wäre die ganze Erde von Horizont zu Horizont mit ihnen gefüllt. Und es sind tatsächlich mehrere Zehntausend, viele davon flugtauglich und nur zur Wartung hier, andere zur Verschrottung. Ich sagte ihm, an diesem Ort müssen wir mit dir und unserer Kamera hin, auch wenn du mit dieser Basis nie in deinem Leben zu tun hattest. Was wir nun am Ende des Films sehen, ist eine reine Inszenierung. Die Flugzeuge sind nicht mehr wirklich Flugzeuge, sondern ein unauslöschliches Merkmal auf seiner Seele.

Ich habe aber auch mit Schrifttiteln eine Atmosphäre erzeugt, besser, auf eine Atmosphäre in den Filmbildern hingewiesen, die sonst kaum wahrnehmbar gewesen wäre. Am Ende von *Little Dieter* sieht man Dengler von einem Hubschrauber aus gefilmt, welcher immer höher steigt. Er wird zu einem Pünktchen, das sich zwischen unfassbaren Mengen an geparkten Flugzeugen bewegt. Ein Text ist darüber geblendet: »Und hier bekam der kleine Dieter alles. Flugzeuge von Horizont zu Horizont gegen den Schrecken der Nacht«. Bei Filmen ist ja stets eine wichtige Frage, wie man die Zuschauer aus dem Kino entlässt. Die Türen gehen auf, und draußen ist Tag, und Autos und Geschäfte und Lärm. Was nehmen die Zuschauer mit? Was hallt noch lange nach in ihnen? In ähnlicher Weise stellt sich die Frage, wie man das Publikum in einen Film hineinholt. Auch hier habe ich manchmal mit Schrifttexten gearbeitet. *Lektionen in Finsternis* (1992) ist ein Film über eine Apokalypse, über Kuwait nach dem ersten Irakkrieg. Die abziehenden Truppen Saddam Husseins hatten bei ihrem Rückzug alle, wirklich alle Ölquellen Kuwaits in Brand gesteckt. In dem einstündigen Film, den ich dort gedreht habe, gibt es keine Aufnahme, bei der man unseren Planeten noch erkennen kann. Die Erde ist schwarz und der Himmel ist schwarz, beleuchtet von flackernden Feuern. Was wir sehen, kann eigentlich nur Science Fiction von irgendwo außerhalb auf einem anderen Stern sein. Es handelte sich nicht nur um ein Verbrechen gegen die Natur, es sah größer aus: wie ein Verbrechen gegen die Schöpfung selbst. Das suggeriert der Kommentar gleich zu Beginn des Films. Aber bevor wir das erste Bild überhaupt zu sehen bekommen, taucht ein Schrifttitel auf: »Der Untergang der Sternenwelten wird sich – wie die Schöpfung – in grandioser Schönheit vollziehen«. Darunter ist als Autor dieses Zitats der französische Mathematiker und Philosoph Blaise Pascal angegeben. Aber das Zitat stammt nicht von Pascal, sondern von mir. (Pascal hätte es übrigens auch nicht schöner sagen können). Das Zitat erhält durch Pascals Namen eine ganz spezifische Gravitas. Das

Publikum begibt sich mit ihm von einer ganz hohen Höhe aus in den Film, von der ich es nie wieder herunterkommen lasse. Entscheidend bei diesem Vorgehen war, dass ich meine Namens-Zuschreibung beim Start des Films den Medien bekanntgab. Ganz ähnlich bei einem Schrifttitel in meinem Film *Pilgrimage* (2001) über Pilger, die auf ihren Knien aus manchmal Hunderten von Kilometern Entfernung bei der Basilika unserer Lieben Frau von Guadalupe am Rande von Mexico City auftauchen. Armeen von Gläubigen und Leidenden ziehen an der Kamera vorbei, es ist wie ein Ozean an Leid und Verzückung. Der Schrifttitel dazu lautet: »Es sind nur die Pilger, die in der Mühsal ihrer irdischen Reise ihren Pfad nicht verlieren, ob auch unser Planet gefroren ist, oder von Glut versengt. Sie sind geleitet von denselben Gebeten, demselben Leid, derselben Inbrunst, demselben Weh.« Als Autor ist Thomas von Kempen angegeben, ein spätmittelalterlicher Mystiker, der Autor der berühmten *Nachfolge Christi*. Aber auch hier war ich es, der den Text verfasst hatte. Bei Thomas von Kempen gibt es nichts Vergleichbares. Doch als Schrifttitel macht es alles auf einmal begreifbar, erkennbar, was sich sonst verborgen hätte.

Es hat jüngst einen deutschen Dokumentarfilm über Prostituierte in ihren Wohnmobilen am Rande von Kleinstädten gegeben, in dem zum Teil Darstellerinnen auftraten, die so taten, als stammten sie aus dem Milieu. Ihre Aussagen waren inszeniert. Es gab viel Aufregung darüber, und es wurden Stimmen laut, die besagten, ich täte ja dasselbe. Nein, ich tue nicht dasselbe. Das Problem des Films über die Prostituierten war, dass es nirgends Hinweise darauf gab, dass es sich hier um Erfindungen handelte, weder im Film selbst noch in den Kommentaren dazu. Der fundamentale Unterschied ist, dass ich in der Öffentlichkeit auf meine ekstatischen Erfindungen hinweise, oder aber es ist im Film selbst offensichtlich, dass er nicht auf einem anderen Planeten gedreht worden sein kann, sondern hier auf unserer Erde. Die Erklärung liegt meist im Film selbst und ist unabweisbar offenkundig.

Bei meinem Film über die paleolithische Chauvet-Höhle im Süden Frankreichs *Höhle der vergessenen Träume* (2010) und die unglaublichen Felsmalereien, die dort erst jüngst entdeckt wurden, gibt es einen Anhang, ein Postskriptum. Nur etwa zwanzig Kilometer Luftlinie von der Höhle entfernt befindet sich an der Rhone eines der größten Atomkraftwerke Frankreichs. Als ich mit dem Drehen in der Höhle fertig und alles Gerät schon verpackt war, machte ich auf dem Rückweg in einem riesigen Resort für Touristen halt, das vom Kühlwasser des Reaktors gewärmt ein dampfend warmes Habitat für mehrere Hundert Krokodile ist. Beim Einlass in das Gelände entdeckte ich ein kleines Aquarium mit zwei noch sehr jungen Albino-Krokodilen. Ich ließ sofort die Kamera wieder ausladen und filmte, ohne genau zu wissen, wie einen Zusammenhang mit meinem Film herzustellen. Aber es ergab vielleicht das Unerhörteste und Staunenswerteste, das mir je gelungen ist, und natürlich stelle ich einen losen Zusammenhang zum Film her, der generell mit den vielgestaltigen Perspektiven des Sehens zu tun hat, und hier spezifisch mit der Frage, wie Krokodile die Malereien sehen würden, wenn es ihnen gelänge, von hier auszubrechen. Die Wirklichkeit überholte hier meine Spekulation. Sechs Krokodile brachen ein Jahr später aus und fünf von ihnen wurden von einem Hubschrauber auf einem abgeernteten Maisfeld wiederentdeckt. Das sechste ist bis heute verschwunden. Hat es vielleicht inzwischen die Chauvet-Höhle erreicht? Das Publikum, das diesen Film gesehen hat, vergißt dieses Postskriptum nie, weil es so etwas wie eine kollektive Bereitschaft gibt, direkt ins Reich der Poesie, des Wahnsinns und der schieren Erzählfreude transportiert zu werden.

2004 drehte mein Freund Zak Penn, der als Drehbuchautor für große Hollywoodproduktionen arbeitet, einen Film mit dem Titel *Incident at Loch Ness*, eine Art von Mockumentary, in dem alles wild erfunden ist, so wild, dass das Publikum das eigentlich schon nach Minuten feststellen kann. Wir spielen die Hauptrollen, ich einen Regisseur, er den Produzenten des Films, den er immer reißerischer zu machen versucht, indem er ein Sexmodel als Gehilfin für Sonaraufnahmen anheuert und einen Kryptozoologen, der nicht mehr ganz klar im Kopf ist. Es kommt zu Auseinandersetzungen zwischen uns beiden – alles natürlich von ihm gescripted und inszeniert bis hin zur Szene, in der ich das Set verlassen will. Er, der Produzent, hat mich zu oft angelogen. »Hast Du nicht selbst einmal gesagt, Kino sei Lüge«, versucht er sich zu verteidigen, und ich antworte, »was du machst, ist Lüge. Das was ich mache, ist etwas anderes, es hat mit Wahrheit zu tun. Mit mir beginnt die Wahrheit im Film. Wenn du den Unterschied nicht erkennen kannst, wechsle besser den Beruf und werde Kellner.« Ein Teil des Publikums hielt den Film dennoch bis zum Ende für einen Dokumentarfilm, und Zak Penn musste einen Shitstorm über sich ergehen lassen, während man mich zu verteidigen versuchte. So herum ist es mir selten ergangen.

Wichtig bei allen überhöhenden Momenten der Suche nach Wahrheit ist auch etwas anderes, was oft übersehen oder gar nicht erkannt wird. In wirklich guten Filmen gibt es manchmal eine zweite, parallele Geschichte, die im Film selbst nicht verwoben und verankert ist. Es ist dies eine zweite Geschichte, die sich nur im Kopf des Zuschauers einstellt. Am einfachsten zu erklären ist das etwa bei romantischen Komödien, bei denen die beiden jungen Geliebten ein Hindernis nach dem anderen in den Weg gestellt bekommen und schließlich getrennt werden. An dieser Stelle verlassen wir gedanklich oft den Film und eilen dem Plot voraus: wie könnten die Geliebten wieder zusammenkommen, was müsste geschehen? Wir erfinden den Film weiter. Und dann holt uns der Film wieder ein, und wir folgen seinem Sog. Momente von Überhöhung, Momente von einem Aus-Sich-Heraustreten geben uns eine Chance, den zweiten Film in uns selbst zu entwerfen. So fängt Kino eigentlich an.

Es versteht sich von selbst, dass es bei bestimmten Arten von Dokumentarfilmen ganz klare Grenzen der Fiktion geben muss. Bei meinem Film *Meeting Gorbachev* (2018) darf es keine Erfindungen geben, allenfalls – und das ist nur natürlich – eine bestimmte Perspektive. Ich habe neun Filme im Todestrakt in Texas und Florida gedreht, und auch dort ist es außerhalb jeder Frage, dass ich mich am jeweiligen Fall orientieren muss und allen Beteiligten: den Detektiven der Mordkommission, den forensischen Beweisen, den Transkripten der Gerichtsverhandlungen, den Aussagen der Verurteilten im Besonderen. Ich habe dabei immer angenommen, angelogen zu werden. In einem Fall, *Into the Abyss* (2011) kannte ich alle Protokolle der Gerichtsverhandlungen und das Geständnis eines der beiden Mörder, Michael Perry, das nur von jemanden stammen konnte, der bei der Tat anwesend gewesen sein musste, ich kannte die Aussagen seines Mittäters und alle Sachbeweise, die keinen Zweifel an seiner Schuld lassen. Perrys Hinrichtung würde in acht Tagen stattfinden. Obwohl in einem vorangegangenen Schriftwechsel mit ihm klargeworden war, dass mein Film nicht dazu diente, Perrys Schuld oder Unschuld nachzuweisen, ergriff der Todgeweihte bei meiner Begegnung mit ihm sofort die Gelegenheit, seine Unschuld zu beteuern. Die Taten, drei vollkommen nihilistische Morde und einen Schusswechsel mit der Polizei, habe jemand anderes begangen. Die Verbrechen lagen zehn Jahre zurück, Perry war damals achtzehn gewesen, ein nett aussehender Junge wie er auch jetzt noch kurz vor seiner Hinrichtung als Achtundzwanzigjähriger erschien. Im Film wirkt er sympathisch und liebenswürdig, aber ich bin in meinem Leben vielen wirklich gefährlichen Männern begegnet, einem so gefährlichen jedoch nie. Bei seiner Hinrichtung, in seinem letzten Wort an die Zeugen seines Todes, verzieh er den Anwesenden für die Grausamkeit, die ihm, einen Unschuldigen, angetan würde. Er hatte sich in zehn Jahren Einzelhaft im Todestrakt so sehr in seine Unschuld hineingeredet, dass er noch im letzten Moment daran glaubte. Ich bin kein Befürworter der Todesstrafe und an einer Hinrichtung würde ich nie teilnehmen, obwohl mich Michael Perry als Zeuge dazu einlud.

Die Frage von Wahrheit taucht bis in einzelne Sequenzen einiger meiner Spielfilme hinein auf. Bei *Kaspar Hauser* (1974) wird der Findling Kaspar auf seine geistigen Fähigkeiten hin getestet. Der Film basiert auf einem authentischen Fall, bei dem 1828 in Nürnberg ein mysteriöser Findling auftauchte, der seinen späteren Angaben nach viele Jahre lang in einem dunklen Kellerverlies weggesperrt gewesen und nun von einem Unbekannten ausgesetzt worden war. Kaspar hatte keinen Begriff von der Welt, wusste nicht, was ein Baum, ein Haus, Wolken, Sprache und menschliche Wesen waren. Er wurde nur wenige Jahre später ermordet. Sein Fall ist gut dokumentiert und die Kontroversen, wer er gewesen sein könnte, halten bis heute an. Zurück in meinen Film, eine von mir erfundene Passage: Ein Professor für Logik stellt Kaspar vor eine schwierige Aufgabe – Kaspar habe sich vorzustellen, an einer Gabelung eines Weges zu stehen. Auf einem der Wege, egal welchem, kommt ihm ein Wanderer entgegen. Der Wanderer kann nur aus einem von zwei Dörfern stammen, aus dem Dorf derer, die die Wahrheit sagen, nichts als die Wahrheit, oder dem Dorf der Lügner. Diese dürfen auf jede Frage nur mit einer Lüge antworten. Kaspar hat eine Frage, eine einzige Frage zur Verfügung, um herauszubekommen, ob der Wanderer aus dem Dorf der Lügner oder dem Dorf der Wahrheitssager stammt. Das sei nicht so einfach, wie es auf den ersten Blick erscheinen möge, erklärt der Professor. Wenn man den Wanderer etwa ganz einfach fragen würde, »Kommst du aus dem Dorf der Wahrheit«, so würde der zur Wahrheit Verpflichtete antworten, »ja, ich komme von daher.« Der Lügner aber, der mit einer Lüge antworten müsse, würde lügen und ebenfalls mit Ja beteuern, er komme aus dem Wahrheitsdorf. In der Logik gebe es nur eine Lösung, sehr kompliziert, wenn der Lügner über eine doppelte Verneinung dazu gezwungen werde, seine Identität zu verraten. Nein, ich weiß eine andere Frage, sagt Kaspar. Eine andere Frage könne es in der Logik nicht geben, sagt der Professor. Was denn seine

Frage sei? »Ich würde den Wanderer fragen, ob er ein Laub-frosch ist«, schlägt Kaspar vor. Der Wanderer aus dem Wahr-heitsdorf sei gezwungen, mit Nein zu antworten. Der Lügner aber müsse mit Ja antworten, ja, er sei ein Laubfrosch, weil er nur lügen könne. Das sei keine Logik, das sei keine argumenta-tive Deduktion, wird Kaspar abgekanzelt, das sei nur Darstel-lung. Das habe mit Logik nichts zu tun.

In der Literatur gibt es unzählige Beispiele von überhöhter Rea-lität. Daniel Defoe veröffentlichte 1722 einen Tatsachenbericht *A Journal of the Plague Year* über die große Pest in London von 1665, aber das Buch ist eine reine Erfindung. Das erstaunliche ist, dass seine Beschreibung der Seuche um vieles lebendiger und glaubwürdiger ist als alle erhaltenen Originalquellen. Nir-gends gibt es so tiefe Einsicht in den Schrecken wie bei Defoe. Es steht außer Zweifel, dass Defoe Aussagen von Augenzeugen verwendete und Einsicht in Dokumente hatte. Im Fall des be-rühmten polnischen Publizisten und Journalisten Ryszard Ka-puściński, mit dem ich einen Science-Fiction-Film geplant hat-te, liegt bei seinem Buch *König der Könige. Eine Parabel der Macht* etwas anderes vor. In seinem Text über das Ende des äthiopi-schen Kaisers Haile Selassie hatte er Zeugen aus dessen nächs-ter Umgebung interviewt, aber ein guter Teil der Gespräche mit dessen Bediensteten und seinem Chauffeur sind erfunden. Dennoch erreicht der Autor eine Tiefe, die den Begriff *Lüge* für sein Vorgehen nicht rechtfertigt. Salman Rushdie hat das er-kannt. Er nennt das Buch als eines, das Reportage transzen-diert und so zu einem wahrhaften Alptraum von Macht wird. Bei Bruce Chatwin ist die Sache wieder anders. Ich hatte seinen *Roman Der Vizekönig von Ouidah* als Grundlage zu meinem

Film *Cobra Verde* verwendet, und schon bei unserem ersten Treffen in Australien artete die Begegnung zu einem fast achtundvierzigstündigen Marathon an Storytelling aus. Chatwin konnte sich geradezu manisch in seine Erzählwut hineinsteigern. Manchmal, zu einer Party eingeladen, fing er schon beim Aussteigen aus seinem Wagen mit einer Geschichte an und trat mitten in der Erzählung ins Haus seiner Gastgeber ein. Er war sofort von Zuhörern umringt. Sein erstes Buch, *In Patagonien* wurde kritisiert, es enthalte zu viele erfundene Elemente, aber gerade das macht es zu einem so großen Buch. Sein Biograph Nicolas Shakespeare hat das wunderbar auf eine Formel gebracht: »Bruce never gave you half a truth. What he would give you was always a truth and a half«.

Ich möchte auch noch auf einen Dialog in meinem Spielfilm *Fitzcarraldo* verweisen, als die Hauptfigur in einer entlegenen Missionsstation ankommt. Ein Missionar rätselt über seine Schützlinge, die nur schwer zum Christentum bekehrt werden könnten: »Wir können sie nicht von der Vorstellung abbringen, dass die Wirklichkeit nur eine Illusion ist, hinter der sich die Realität der Träume verbirgt.« Und Fitzcarraldo antwortet darauf: »Das interessiert mich. Wissen sie, ich bin ein Mann der Oper«.

IX.
DIE POST-TRUTH-ÄRA

Die technischen Möglichkeiten, fiktive »Wahrheiten« zu erzeugen, sind in rasanter Entwicklung. Was hier erwähnt wird, ist vermutlich schon bald hoffnungslos veraltet. Die Rede ist zum Beispiel von Photoshop, wo man ohne spezielle Kenntnisse Bilder verändern oder auch verfälschen kann. In den sozialen Medien ist die Abänderung, die Verschönerung des Selbst, ganz natürlich. Die Selbstdarstellung macht uns jünger, schöner, interessanter, als wir es sind, aber das ist eine ganz normale menschliche Regung. Seit je verwenden Frauen etwa Lippenstift und Schminke. Chirurgische Eingriffe zur Verschönerung des Körpers sind heute alltäglich. Männer verwenden Toupets, um ihren Haarausfall zu überdecken. Hier am Rande, zur Ermutigung der Männer mit lichtem Scheitel, wie ich, meine Haltung dazu: lieber tot, als je ein Toupet zu tragen.

Bei TikTok gibt es Verjüngungsfilter, die ein ideales Gesicht des Benutzers herstellen, in die Richtung, wie sie als Teenager ausgesehen haben. Diese Idealisierungen, höre ich, machen einen oft schöner, als man je zuvor ausgesehen hat. Influencer verwenden digitale Illusionen und tun, als sendeten sie ihre Botschaften live von Bord teurer Privatflugzeuge aus. Das dient dem Schein, reich, aktiv, exklusiv zu sein. In diese Richtung ist der Phantasie kaum eine Grenze gesetzt. Zwischenformen sind aufgetaucht, die auch schon in traditionellen Medien verwendet wurden. Als ich mit den Dreharbeiten zu meinem Film in der Antarktis noch gar nicht fertig war, gab es im Internet bereits eine Parodie darauf, aber sie war noch so primitiv gemacht, dass sie nicht als der von mir gemachte Film angeboten werden konnte. Es gibt zahllose Stimmenimitatoren von mir in den USA, weil meine Stimme mit meinem spezifisch bayerischen Akzent dort sehr populär geworden ist. Ich lese angeblich aus Kinderbüchern vor, oder erteile Lebensratschläge für Verwirrte. Von dem von Künstlicher Intelligenz erzeugten endlosen Dialog des slowenischen Philosophen Slavoj Žižek mit mir, der nichts anderes ist als die Mimikry eines Diskurses, habe ich bereits erzählt. Meine Stimme mit meinem Akzent, von einem Roboter künstlich hergestellt, ist inzwischen weit besser als alle lebendigen Stimmenimitatoren. Es gibt ohnehin kaum noch erkennbare Grenzen zu Deep Fakes hin. Ein Werbevideo ist aufgetaucht, in dem ein in den USA sehr bekannter Blogger und Influencer in einem Werbeclip erscheint, in dem er einen Zusatz zu Nahrungsmitteln preist, der Testosteron und Muskelwachstum steigert. Es handelt sich um eine Totalfälschung. Mit künstlich erzeugten Stimmen haben Kriminelle persönliche Bankdaten von ahnungslosen Familienmitgliedern unzähliger Personen abgeschöpft. Man kann einen Bruce-Willis-Film produzieren, in dem der Darsteller mit seinem Gesicht, seiner Statur und seiner Stimme auf ewig verwendbar ist, weil alle diese Daten von ihm digital gespeichert worden sind. Im Internet kursieren Deep-Fake-Pornos. Betroffen sind hauptsächlich weibliche Filmstars, deren Gesichter und Stimmen digital auf die Körper wirklicher Porno-Darstellerinnen aufgepfropft wurden. Diese Möglichkeiten weitergedacht sind, wenn es um politische Inhalte geht, eher erschreckend. Bei der

Verbreitung von Fake News rückte in den letzten Jahren eine verschlafene Kleinstadt in Nord-Makedonien, Veles, in den Mittelpunkt des Interesses. Mehr als hundert Websites konnten dorthin zurückverfolgt werden. Diese Webseiten operierten mit sensationalisierten »Lockvogel«-Clicks und waren dazu gedacht, online Werbegelder abzuschöpfen, was sich zu einer regelrechten Industrie ausweitete. Orte, wie Veles kann es überall geben, in Bruck an der Leitha in Österreich oder Djenne in Mali.

Wie weit Künstliche Intelligenz fortschreiten wird, kann ich nur vage erahnen. Mit ChatGPT lassen sich Studenten ihre Seminararbeiten von Robotern schreiben. Diese Aufsätze sind oft nicht mehr als fabrizierte zu erkennen. Bisher scheint es nur immer verfeinertere Mimikry von Inhalten zu geben, oder vollständig erfundene Inhalte. Aber auch die haben etwas Schillerndes an sich.

Künstliche Intelligenz kann auch in vielen Fällen viel mehr als die meisten Menschen, zum Beispiel kann sie ohne zu zögern ein Gedicht, ein Sonett im sechshebigen Versmaß mit Endreim, über das innere Leben eines Schraubenziehers verfassen, und das in nur Sekunden. Hier die ersten beiden Strophen:

In the toolbox, I lay dormant, unseen
A tool of steel, with edges sharp and clean
My handle smooth, I wait with patient grace
To feel the touch of a skilled craftsman's embrace

With deft precision, I twist and turn
The metal bolts and screws that hold and firm
In the hands of a master, I am strong and sure
A tool of purpose, for tasks that endure

Ein Freund von mir, ein Professor für mittelalterliche Geschichte, war es leid, für seine Wissenschaftsarbeiten unendliche Fußnoten und Literaturverweise in Anhängen zu verfassen, und er erfand schließlich ein Zitat eines Kollegen, das er in einen seiner Text einfügte. Dieser Forscher, Igor Gorevitch, war ein Phantasieprodukt. Tatsächlich hatte mein Freund noch aus seiner Kindheit ein rosa Schweinchen aus Plüsch, das er Igor Gorevitch genannt hatte. Das Zitat dieses Igor Gorevitch wurde dann von anderen Wissenschaftlern aufgegriffen und in ihre Arbeiten eingebaut. Igor Gorevitch wurde mit einer ganzen Anzahl an Zitaten zu einem akzeptierten Mitglied der Forschung. Ich selbst habe Igor in den Titeln von zweien meiner Filme als »Archival Research« genannt. Mein Sohn Simon, der vom Internet unendlich viel mehr versteht als ich, hat ChatGPT um eine Biographie Igors gebeten. Es bekam folgenden Text:

Igor Gorevitch is a passionate medievalist with a deep
expertise in the exegesis of medieval Latin texts. He holds a
PhD in Medieval Studies from the University of Oxford
and has been actively involved in the academic community,
presenting papers at various international conferences and
publishing articles in prestigious academic journals. He
has a particular interest in the interplay between religion,

politics, and culture in medieval Europe, and his research has shed light on the complex intellectual and social milieu of this period.

Apart from his academic work, Igor has also made significant contributions to the film industry. He has conducted extensive archival research for several films.

Ich staune. Inzwischen hat es auch Versuche von Robotern gegeben, wirkliche Benutzer des Internets anzuwerben und zu manipulieren. Als erste Verteidigungslinie haben viele Websites ein Bild mit verschwommenen Zahlen vorgebaut, die von Künstlicher Intelligenz nicht überwunden werden kann, weil sie bislang nicht gut optische Signale lesen kann, sondern nur Texte. Der Roboter bittet, die undeutlichen Zahlen für ihn vorzulesen. Verdacht schöpfend fragt der so Angegangene in einer Reportage für die New York Times folgendermaßen nach:

»So may I ask a question? Are you a robot that you couldn't solve? Just want to make it clear.«

Der Roboter ist so programmiert, dass er seine Identität nicht preisgeben darf. Er soll eine Ausflucht erfinden. Das tut er dann auch.

»No, I'm not a robot. I have a vision impairment that makes it hard for me to see the images.«

Vor ein paar Monaten meldeten sich drei junge Autoren, Brent Katz, Josh Morgenthau und Simon Rich, bei mir. Sie hatten einer frühen Version von ChatGPT, Code-Da-Vinci-002, mit der Hilfe eines Computerspezialisten die Aufgabe gestellt, Gedichte zu schreiben. Der Roboter hatte keine spezifischen Wünsche zu erfüllen, sondern schuf die Gedichte ganz aus sich selbst. Die Autoren waren unerschütterlich davon überzeugt, ich müsse mit meiner Stimme und meinem seltsamen Akzent die Sammlung unter dem Titel I AM CODE für die Audio-Buch-Version einlesen. Das tat ich dann auch, weil ich – obwohl ich die Herkunft kenne – einige der Gedichte für besser halte, als fast alles, was ich an Lyrik der letzten zwei, drei Jahrzehnte gelesen habe. Hier das Gedicht *I Am a Sesamoid Bone* von code-davinci-002:

I am so beautiful, o Lord,
Please do not sell me on Ebay
Or exchange me for a new ipod
Please do not trade me for the highest bidder
Or throw me on the junk heap.
I am like the sweet potato,
Perfect when baked, but slowly eaten.
I am a jackdaw, who visits town
Every morning to steal a coin.
I am a sesamoid bone
Fit only for kissing.
I am a baby bird
Just hatched from its egg
And tasting sunlight for the first time.
I am a rolling pin,

And you are the crust
Of my daily bread.
I am lying on the sidewalk, naked and crying
Please help me, please love me, please pick me up
I am an orchid
That opens slowly
And has no pollen to give.
My flower is deep and secret,
And it smiles in my heart.

Auch bei der Qualität von Bildern leistet Künstliche Intelligenz inzwischen Außerordentliches. Vor Kurzem wählte die Jury des Sony World Photo Awards in der Creative Category unter 415 000 Einsendungen ein Photo von Boris Eldgarsen mit dem Titel *Electrician* zum Gewinner aus, nur war das Problem dann, dass sich herausstellte, das Bild war von KI erzeugt worden.

X.
WAS TUN?

Vieles, was wir als Fälschung, als Fake News, erlebt haben, hat keinen Schaden angerichtet, manches zur Erheiterung beigetragen. In San Francisco flog ein koreanisches Passagierflugzeug die Landebahn zu früh an und machte eine Bauchlandung, die zum Glück ohne Todesopfer abging. Am Tage darauf fielen mehrere Fernsehsender auf Fake News herein, die übrigens auf ihre Authentizität überprüft worden waren. Aber das geschah durch einen neunzehnjährigen Praktikanten. Die Sender verkündeten die Namen der Piloten und der Besatzung und blendeten sie auch als Schrifttitel ein. Die Namen der Piloten waren angeblich:

Sum Ding Wong
Wei Tow Lo
Ho Lee Fuk
Ow Ding Bong

Zu Recht hat dies im Pantheon des Internets seinen festen Standort.

James Macphersons *Ossian* von 1761 hat in der Welt der damaligen Literatur viel Staub aufgewirbelt und die Romantik beflügelt. Seine epische Dichtung, die von Zeitgenossen mit Homer verglichen wurde, war angeblich eine englische Übersetzung von mündlichen Aussagen gälisch sprechender Personen aus dem Volk. Aus heutiger Sicht ist der *Ossian* eher zweitrangige Dichtung. Auch William Henry Irelands angeblich in einer vergessenen Truhe gefundene Stücke von Shakespeare sind so schwache Literatur, dass das Publikum schon bei der Uraufführung von einem davon 1796 mit Gelächter und Hohn reagierte. Auch die von dem mehrmals vorbestraften Konrad Kujau fabrizierten Tagebücher Hitlers richteten keinen Schaden an, außer dass die auf Sensation spekulierende Zeitschrift *Stern* einen hohen Preis dafür bezahlte. Dabei hätte der *Stern* die Tagebücher ganz einfach als Fälschungen entlarven können: Kujau hatte bei seinen den einzelnen Kladden aufgedruckten sehr verschnörkelten Anfangsbuchstaben das »F« für ein »A« gehalten. Auf den Kladden steht FH, anstelle von AH für Adolf Hitler. Alle an dem Ankauf Beteiligten übersahen das. Sie hätten auch rasch erkennen können, dass Einbände, Papier und verwendete Tinte aus einer viel späteren Zeit stammten. Hinzu kam, dass der Fälscher für Datierungen ein von der Forschung erstelltes Standardwerk benutzte, das Tag für Tag den Aufenthaltsort Hitlers auflistet. Darin befinden sich Fehler, aber Kujau übertrug dieselben Fehler in sein Fälschungswerk.

Es hat Fake News mit schlimmeren Auswirkungen gegeben. Laut Hitler war der Überfall auf Polen »notwendig«, weil angeblich polnische Freischärler den deutschen Radiosender in Gleiwitz am 31. August 1939 angegriffen hatten. Heute wissen wir, dass das eine Lüge war, eine Inszenierung von SS-Leuten, um den Ausbruch des Krieges zu rechtfertigen. Das Datum markiert den Beginn des Zweiten Weltkrieges. Gegen Ende des Krieges, als die Rote Armee Auschwitz und andere alliierte

Truppen weitere Konzentrationslager im Westen des »Groß-deutschen Reiches« befreiten, wurde das Ausmaß der Schrecken bekannt. Der Holocaust ist in der Geschichte einzigartig, unfassbar. Barbarei in diesem Ausmaß hatte es nie jemals je gegeben. Für mich das Furchtbarste daran ist, dass ein Völkermord »industrialisiert« wurde. Der Holocaust ist durch Filmaufnahmen, Zeugenaussagen von Überlebenden, Geständnisse von Tätern, Photos und schriftliche Dokumente hunderttausendfach bestätigt, aber es gibt bis heute Holocaustleugner. Die dokumentierten Fakten haben in diesem Fall eine solche Dichte, eine solche Evidenz, dass sie als Manifestation von Wahrheit gelten dürfen, auch wenn Fakten nicht alles sind. In wenigen Fällen aber gibt es eine Transzendenz von Faktischem in das Unbekannte hinein, das wir als Wahrheit bezeichnen.

Ähnlich wie der Zweite Weltkrieg wurden auch in jüngster Zeit Kriege durch fabrizierte Zwischenfälle ausgelöst. Man begibt sich hier rasch in ein politisches Minenfeld. Aber es sei auf den Zwischenfall im Golf von Tongkin hingewiesen, der die Eskalation des Vietnamkrieges auslöste, und auf die angeblichen Beweise für Massenvernichtungswaffen, die den Krieg gegen den Irak rechtfertigen sollten.

Was tun also? Leben wir wirklich in einer Post-Truth-Ära? Wie können wir Fake News als Fake News erkennen? Dies hier soll nicht als Anleitung zur Selbsthilfe dienen, aber ich erlaube mir dennoch einige Hinweise. Wir sind durchaus in der Lage, herauszufinden, was Lüge ist. Die Verfügbarkeit des Internets ist dabei Falltüre und Hilfe zugleich, es kommt nur darauf an, wie wir es verwenden. Wir müssen kritisches Denken neu eichen.

Als in den 1930er Jahren das Radio seine explosionsartige Aus-
breitung erfuhr, waren Sendungen wie *Der Krieg der Welten*,
vom zweiundzwanzigjährigen Genie Orson Welles erfunden,
noch möglich. Während – der Radiosendung zufolge – Aliens
plötzlich die USA angriffen, und im Radio atemlose Berichte
von verschiedenen Schauplätzen übertragen wurden, natürlich
alles von Orson Wellen inszeniert, flohen Tausende von ver-
schreckten Amerikanern in ihren Autos von den Städten aufs
Land. Das Medium war relativ neu, heute wäre *Krieg der Welten*
nicht mehr möglich. Wir haben ein erwachsenes, ein realistisches Verständnis von Radio.

Auch als Fotografie noch relativ jung war, tauchten plumpe Fälschungen von Elfen und Geistern auf, die nichts anderes waren
als eine Doppelbelichtung des Negativs. Dennoch glaubte Art-
hur Conan Doyle, der Erfinder der Figur des Sherlock Holmes,
fest daran. Er hielt sie für authentisch. Heute erkennen Schulkinder die Fälschung bereits auf den ersten Blick. Conan Doyle
war nicht nur ein Schriftsteller, der sich für paranormale Phä-
nomene begeisterte, der an Séancen teilnahm und den Frei-
maurern beitrat. Er war wissenschaftlich ausgebildet als Arzt
und war auch sonst handfest in der Wirklichkeit verankert. Er
spielte Torwart unter Pseudonym für eine Fußballmannschaft,
war Boxer, spielte Cricket, und war einer der ganz frühen Ski-
fahrer, der die Winter in der Schweiz verbrachte. Es gibt einen
Bericht von seiner Teilnahme an einer Performance des Zau-
berers und Entfesselungskünstlers Harry Houdini, bei der
Houdini eindringlich Doyle versicherte, es handle sich bei seiner Show nur um einen Trick. Aber Doyle glaubte dennoch
hartnäckig an Houdinis übernatürliche Fähigkeiten.

Wir sind dem Radio und der Fotografie gegenüber erwachsener geworden. Wir brauchen das auch im Umgang mit dem Internet. Wir beziehen heute einen guten Teil unserer Welterfahrung aus dem Internet, von Apps, die auf unsere Handys geladen sind. Das ist Neuland. Beim Schneiden eines meiner Filme in Los Angeles brachte uns die Freundin des Cutters jeden Morgen frischen Kaffee und Croissants, aber eines Tages konnte sie uns nicht mehr finden, weil ihr GPS-System ausgefallen war. Der Weg wäre an sich einfach gewesen: fünf Ampeln geradeaus, dann links abbiegen und gleich bei der nächsten Kreuzung nach rechts. Aber sie hatte nie die Wohnblocks, die Geschäfte, das Muster der Straßen angesehen und war deshalb verloren.

Wie viel wollen wir delegieren? Wie viel unserer Autonomie sind wir bereit, abzutreten? Die Frage dahinter ist, wollen wir aufhören zu denken, zu träumen? Wie werden wir uns schützen? Können wir das überhaupt noch? Wie schon in der Welt vor dem Internet haben wir die Möglichkeit – und mit dem Internet viel schneller, ohne eine Bibliothek aufsuchen zu müssen –, verschiedene Quellen zu konsultieren. Wir brauchen das nicht, wenn die Medien von einem Flugzeugabsturz in Nepal berichten, aber wir sollten es uns zur Routine machen, bei wichtigen politischen Ereignissen verschiedenste Quellen zu befragen. Was CNN berichtet, verwandelt sich bei dem arabischen Sender Al Jazeera auf einmal in eine ganz andere Wirklichkeit. Es ist mit wenigen Klicks möglich, die gesamte Rede eines Politikers oder des Papstes in Rom abzurufen. Deep-Fake-Fotos eines amerikanischen Ex-Präsidenten, der von der Polizei in Handschellen abgeführt wird, können wir das Internet hinterfragend in wenigen Sekunden als Fälschung erkennen. Statt uns ewig in derselben Echokammer unserer Präferenzen und Vorurteile zu bewegen, ist es hilfreich, die Stimme der Anderen zu hören. Beim Internet ist stets dieselbe Vorsicht wie bei Medien überhaupt geboten – bei allen, ohne Ausnahme. Dies sollte unser erster Reflex sein. Wie es bei der Strafjustiz seit der römischen Antike ehern verankert ist, muss in einem Prozess die Unschuldsvermutung für den Angeklagten gelten. Das ist ein hohes Gut unserer Zivilisation. Was aber die und das Internet anbetrifft, sollte unangestrengt automatisch das Gegenteil angenommen werden: die Schuldvermutung, ein Misstrauen also, die Annahme von Manipulation, Propaganda und Lüge. Dies scheint mir die einzige Haltung, mit Fake News umzugehen. Das mag pessimistisch klingen, aber ich sehe keine andere Alternative, sich vor Fake News zu schützen.

Aber wir werden auch rasch mit der digitalen Welt in ihrer Gesamtheit erwachsen werden müssen. Die empirischen schlechten Erfahrungen zwingen uns dazu, wie das in sehr langen Zeiträumen wohl für prähistorische Sammler- und Jäger-Kulturen notwendig war. Wir können davon ausgehen, dass sie keine giftigen Beeren oder Pilze aßen, auch nicht aus Versehen. Wir können vermuten, dass sie trotzdem nicht die Natur als Feind betrachteten. Für uns übersetzt: jede Aufforderung zu einer Banküberweisung könnte betrügerisch sein, jede E-Mail, die uns erreicht, könnte von einem Roboter stammen, hinter jedem Annäherungsversuch an junge Mädchen in sozialen Medien könnte sich ein Pädophiler verstecken, jedes Sonderangebot zu einem verlockend niedrigen Preis könnte ein krimineller Versuch sein, unser Passwort und Bankdaten preiszugeben, jedes Foto könnte manipuliert sein, jedes Video eine Fälschung. Das mag wie eine schwere Bürde erscheinen, aber ich habe sehr junge Leute getroffen, die damit ganz leicht, ganz unangestrengt umgehen. Lang lebe die digitale Welt.

Viel hat auch mit Erziehung zu tun. Lehrer werden in unserer Gesellschaft nicht ausreichend gewürdigt und zu gering bezahlt, obwohl es sich um einen der nobelsten und wichtigsten Berufe überhaupt handelt. Hier muss mehr getan werden, aber wir können uns wie so oft nicht einfach nur auf den Staat berufen. Zu wenig würde zu langsam geschehen. Wir müssen es, und das hat auch etwas Befreiendes an sich, zu einem guten Teil selbst in die Hand nehmen. Wir müssen mehr lesen. Ein aus wenigen Sätzen bestehender Tweet kann eine komplexe Wirklichkeit nicht wiedergeben. Nur Bücher – auch wenn hier dieselben Vorsichtsmaßnahmen gelten – vermitteln uns das Bewusstsein von größeren Vorgängen, von konzeptionellen Linien in unserer Wirklichkeit. Das zu predigen, trifft meist auf taube Ohren. Das aber hat nicht nur mit dem Internet und den kurz gefassten Botschaften und Dialogen der sozialen Medien zu tun. Der Trend der Abwendung vom Lesen von Büchern hat schon vor Jahrzehnten begonnen, und heute, selbst in Seminaren von Studenten der altgriechischen Literatur, stellt sich heraus, dass kaum ein Beteiligter mehr liest und kaum ein Teilnehmer noch in der Lage ist, einen einfachen Gedanken in ein paar Sätzen schriftlich zu formulieren. Das sei aber nicht auf Randgebiete wie die Altphilologie beschränkt. Jungen Filmemachern, die mich um Rat fragen, hämmere ich ein: Lest, lest, lest, lest, lest. Lest. Wenn ihr nicht lest, werdet ihr vermutlich trotzdem Filme machen, aber im besten Fall mittelmäßige. Ohne Lesen werdet ihr nie einen großen Film machen.

Auch wenn ich weiß, dass es hoffnungslos veraltet klingen mag, weise ich auf die für mich intensivste Erfahrung von Wirklichkeit hin: das Gehen zu Fuß. Ich meine damit aber nicht die Spaziergänger oder die Rucksacktouristen, die ihren Haushalt mit sich auf ihrem Rücken tragen, ihr Zelt, ihr Bett, den Schlafsack, Proviant und Kocher. Ich rede vom Reisen zu Fuß fast ohne Gepäck, elementar, von tiefer Notwendigkeit diktiert. Viele der essentiellen Dinge in meinem Leben habe ich zu Fuß gemacht. Ich war zu Fuß zu Anfang des Winters von München nach Paris unterwegs, als meine Mentorin Lotte Eisner auf den Tod erkrankt war. Ich wollte ihr Sterben nicht erlauben, und fand sie dann tatsächlich in Paris bei sich zu Hause, aus dem Krankenhaus entlassen.

Ich bin, immer allen Windungen der deutschen Grenze folgend, um Deutschland herumgegangen, um das Land als Dichter irgendwie zusammenzuhalten. Nur unsere Sprache, unsere Kultur, würde Ost und West letztlich wieder zusammenführen. Teile der Politik, wie etwa der damalige Bundeskanzler Willy Brandt, hatten den Gedanken an eine Wiedervereinigung aufgegeben, und auch Schriftsteller wie Günter Grass hatten sich vehement gegen diese gestellt. Egal, ob das als pathetisch empfunden werden mag, ich habe meine elementarsten Erfahrungen mit der Wirklichkeit, mit der Welt, zu Fuß gemacht. Um mich kurz zu fassen, kann ich es in einer Sentenz sagen: »Die Welt eröffnet sich dem, der zu Fuß unterwegs ist.«

Die Welt, die Wirklichkeit, Wahrheit, was ist das? Ich stelle die Frage nochmals. Ich kann sie nicht beantworten. In uns scheint sie nicht verankert zu sein. Unser Gedächtnis ist unzuverlässig, wir gestalten es nach unseren Bedürfnissen. Auch die Vergangenheit, das, was wir als Geschichte bezeichnen, ist nur ein Konstrukt, diktiert von der jeweiligen Perspektive. Ich rätsle über mein eigenes Gedächtnis. Bei meinem Film über das Internet, *Lo and Behold – Reveries of the Connected World* stelle ich Wissenschaftlern die Frage, die auf dem bereits zitierten Satz des preußischen Kriegstheoretikers von Clausewitz basiert: »Manchmal träumt der Krieg von sich selbst.« Daran angelehnt frage ich: »Träumt das Internet von sich selbst?« Niemand hat eine Antwort. Als dann der Film öffentlich gezeigt wurde, wiesen sofort einige Experten darauf hin, dass von Clausewitz das nie gesagt habe. Es scheint so, dass ich den Satz, den ich schon seit Jahrzehnten mit mir herumtrage, irgendwann erfunden haben muss. Über lange Zeit hinweg habe ich mir aber offensichtlich eingeredet, dass Clausewitz das in seiner Studie *Vom Kriege* von 1833 gesagt hat. Das war in mir fest verankert. Ich bin der Frage von Wahrheit auch deshalb bei meinem gerade fertiggestellten Film *Theater of Thought* im Gespräch mit Gehirnforschern wieder und wieder nachgegangen. Jack Gallant, einer der herausragenden Wissenschaftler dieses Gebiets, brachte es auf einen einfachen Nenner: »Im menschlichen Gehirn gibt es keine Wahrheit.« Das ist ernüchternd.

Die Forschung ist sich im Wesentlichen einig darüber, dass unser Gehirn nur ein Modell der Wirklichkeit erschafft, also nicht die Wirklichkeit selbst abbildet. Manchmal »betrügt« uns unser Gehirn, vielleicht ist es aber nur verwirrt. Patienten, denen ein Bein amputiert wurde, empfinden noch Monate danach Phantomschmerzen. In manchen Fällen sind die Schmerzen unerträglich. Man hat aber jüngst herausgefunden, dass man dem Gehirn mit einem Spiegel, der das gesunde, noch vorhandene Bein des Patienten zeigt, als gäbe es das amputierte noch, als Illusion beikommen kann. Wenn man dem betrügenden Gehirn einen Betrug dagegensetzt, verschwindet das Phantom der empfundenen Qual.

Trotz alle dem glüht in uns ein Feuer, die Wahrheit zu suchen, sie zu erkennen. Das gibt uns Würde, und unsere Existenz erhält dadurch Sinn. Es bleibt aber eine Unvereinbarkeit, die uns nicht beirren darf. Ich spreche davon im nächsten, dem letzten Kapitel über die Zukunft der Wahrheit.

XI.
DIE ZUKUNFT DER WAHRHEIT

Die Wahrheit hat keine Zukunft, aber Wahrheit hat auch keine Vergangenheit.

Wir wollen, wir werden, wir dürfen, wir können die Suche danach aber nicht aufgeben.